THE DREAMER
追梦的孩子

〔美〕帕姆·穆尼奥兹·瑞恩 著 〔美〕彼得·西斯 绘 于海子 译

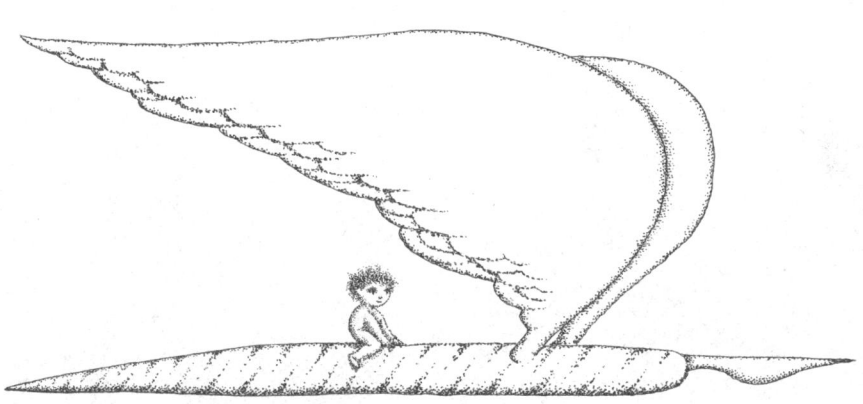

晨光出版社

谨以此书，献给你，我的读者。

愿你漫游在心灵和星海之间那无垠的世界里。

我在那里等你。

——帕姆·穆尼奥兹·瑞恩

献给坐落在布拉格聂鲁达街 19 号的家宅。

——彼得·西斯

看看这周围——

在你们面前只有一个危险的东西……

——巴勃罗·聂鲁达

生长的过程神秘而深不可测。每个孩子都有潜在的诗意,就像种子,需要土壤、营养、阳光和空气,如果只剩下水泥的环境,一颗种子根本不可能存活,更谈不上发芽、成长、开花、结果。

少年聂鲁达的故事就是一颗种子的故事。

——北岛

前言 PREFACE

成长的诗意

  1971 年 10 月,瑞典文学院宣布授予巴勃罗·聂鲁达诺贝尔文学奖,授奖辞如此郑重地写道:"他的诗篇具有自然力般的作用,复苏了一个大陆的命运和梦想。"《百年孤独》的作者加西亚·马尔克斯对聂鲁达也赞誉有加:"巴勃罗·聂鲁达是 20 世纪所有语种中最伟大的诗人。他书写任何事物都有伟大的诗篇,就好像弥达斯王,凡他触摸的东西,都会变成诗歌。"

  聂鲁达一生周游世界,灵魂在各大洲中游荡,为每一段生命旅程历尽沧桑,却始终是葆有一颗童心的孩子。一个孩子的创造力在年少时最易被发掘,因那时他们的感知力最强,想象力没有边界,那从生命深处奔涌而出的诗意便与这个让他们充满无限幻想的世界碰撞在一起。

  这本书即写诗人聂鲁达在少年时期如何走进诗歌之门,如何与诗歌碰撞出耀眼之光的。这段纯真诗意而又曲折的成长时光,是他的生命之源,也是他梦想起航的地方，为他日后的生命历程留下了不可磨灭的印记。

在这段时光里，他梦想的触角一点点张开，从天而降的雨水、广袤的大地、浩荡的森林、威严的山川、奔涌的江河湖海等，在他的心里敲响令人震颤的鼓点，传唱出神奇美妙的韵律。是的，他还对爱充满热情，家里的每一个人、想象中的朋友、陌生人，甚至是平凡的事物，他都真挚地爱着。这种爱，最终冲破他小小的身体，翻山越岭，在一个又一个大洲之上翱翔。

他决心把感受到的这一切，行诸于文字，幻化成诗歌。"我能够把宇宙间难解的奥秘以及人类的种种可能性写成诗。"这是他闪耀的梦想。

但这条梦想之路，他走得并不轻松，尤其是受到了父亲严厉而坚决的阻挠。在父亲看来，只有商人或医生才有前途，其他一切都是白日做梦。所以在看到聂鲁达收集大自然中无用的东西、为写一首诗而苦思冥想时，他不禁火冒三丈。他逼迫聂鲁达离开书桌，走到户外和其他人玩耍，要他变成四肢健壮的人。

尽管追逐梦想的路如此艰难，聂鲁达也从未想过放弃创作，而是怀着超乎自己想象的勇气，踏上了寻找自我的旅程。他坚定的步伐和义无反顾的决心，是他梦想的最好注脚。

他一生中有三个主题——诗歌、爱情和革命，这三部分在他少年时期已初现端倪，因而本书也以诗意的讲述搭建起他的人生构架。而这构架之所以如此稳固，与他心中始终秉持的信念与希望分不开，这也便是为何他写诗时总是要用绿色墨水——因为绿色代表着希望。所以，这本将聂鲁达追梦的少年时光娓娓道来的小说，全篇的字体颜色也采用绿色印刷，以此呈现原汁原味的梦想之书。

梦想的实现需要希望，孩童心中诗意的萌发需要呵护。正如著名诗人北岛在读完这本书后所写："生长的过程神秘而深不可测。每个孩子都有潜在的诗意，就像种子，需要土壤、营养、阳光和空气，如果只剩下水泥的环境，一颗种子根本不可能存活，更谈不上发芽、成长、开花、结果。少年聂鲁达的故事就是一颗种子的故事。"

　　本书的作者帕姆·穆尼奥兹·瑞恩出生于加利福尼亚州，有一半的墨西哥血统，深受拉美文化的影响。出生于智利大地的聂鲁达的诗歌以极其浓郁的情感令她产生共鸣，于是她开始大量阅读聂鲁达的诗歌、随笔、回忆录以及传记。这段充实的阅读时光，最终促成了她创作这本童年传记小说。通过此书，她也希望读者在天马行空的想象中，找到成长的诗意，坚守内心深处的渴望。

　　由此，岁月纷沓而来，梦想变得触手可及。

目录 CONTENTS

一 雨	1
二 风	23
三 泥土	35
四 森林	63
五 树木	83
六 松塔	94

七 江河	109
八 大海	122
九 浅湖	139
十 爱	183
十一 热情	203
十二 火焰	235

我是诗,

想要俘获诗人。

我提出一个问题,

因它存在着万千的答案。

我不选择任何一个答案。

我选择每一个答案。

靠近我吧……

如果你敢。

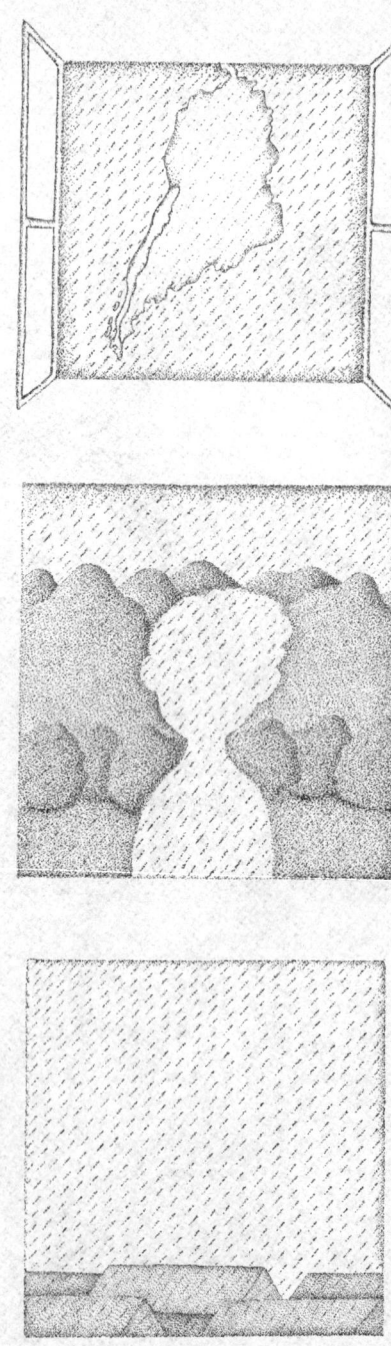

RAIN
一　雨

在这人人乐而酣歌的大洲上，在这国土形似颀长吉他手臂膀的国度里，雨滴犹如敲打着鼓点，点点滴滴打落在这特木科[1]小镇上。

内夫塔利·雷耶斯[2]倚着枕头坐在床上，出神地盯着眼前的学校作业。他的老师说，这不过是简单的加法而已，但对他来说，作业从来就没简单过。他多么希望这些

---

[1] 智利中南部城市，诺贝尔奖获得者巴勃罗·聂鲁达（1904—1973）早年生活的地方。
[2] 聂鲁达原名为里卡多·埃列塞尔·内夫塔利·雷耶斯·巴索阿尔托（Ricardo Eliécer Neftalí Reyes Basoalto）。

数字能消失得无影无踪呀!他眯着眼,缓缓合上,又慢慢睁开。

只见所有的2和3从作业本上一跃而起,挥手招呼着其他数字同伴加入进来,5和7便毫不犹疑地雀跃着跟上。最后,在其他数字同伴的鼓动下,4呀,1呀,6呀也一并奔来。唯有9和0仍执拗地一动不动,数字军团只好撇下它们。数字们手牵手排成迷你小队,飞到房间另一边,最后越过窗棂,悄悄溜走了。内夫塔利微笑着合上了作业本。

现在只剩下无精打采的9和0懒洋洋地待在作业本上,内夫塔利当然无法指望仅凭这两个数字来完成作业。

他从床上慢悠悠地下来,走到窗前,将额头轻抵在玻璃上,朝后院张望着。他心里明白,只有好好休息才能养好病,让身体复原。他也清楚,休息后应当补上落下的课业,但使他分心的林林总总的大小事情实在太多了。

窗外,冬天的世界灰蒙蒙、湿漉漉的。土地开始变得泥泞，一股细流从破败不堪的围栏上的一个小洞中穿过。尽管现在没有任何人住在隔壁，但内夫塔利总是幻想着，在围栏那边有一个等待着他的朋友——或许是一个会饶有兴趣地观察顺流而下的漂流物、会乐于收集各种曲里拐弯的小木棍、喜爱阅读的小伙伴，而且和他一样，算术也不是很灵光。

这时，传来了脚步声。他心想，会是父亲吗？

父亲已经离开家去铁路上工作了一个星期，今天是他该回家休息的日子了。内夫塔利心如鼓擂，惶恐地睁大了圆圆的棕色的眸子。

脚步渐渐近了。

嗒。

嗒。

嗒。

嗒。

内夫塔利伸手将自己乌黑浓密的头发捋顺。头发没有乱蓬蓬的吧？他又抬起手，仔细检察自己瘦削的手指，还算干净整洁吧？

一想到不得不去面对父亲，他的双臂就隐隐作痛，连皮肤似乎都在畏缩。内夫塔利深吸一口气，屏住了呼吸。

脚步声掠过他的房间，径直去往楼下的门厅。

内夫塔利长吁了一口气。

一定是他母亲，也就是他的继母，是她的那双木跟鞋发出的声音，准没错。他侧耳探听着门外的动静，直到确信再没有其他人了，才又走回窗前。

雨滴仍旧像鼓点那般有节奏地在镀锌的屋顶上跳动着。在内夫塔利的头顶上，雨水不可思议地啼鸣合奏，汩汩地渗进屋子里来。天花板上蓄满雨水的小坑洼更是在淅淅沥沥地滴水，渐渐装满用来盛接雨水的盆盆罐罐。

　　　　噗呖——噗呖。

　　　噗喽。

　　噗噜，噗噜，噗噜。

噢咿噗，噢咿噗，噢咿噗，噢咿噗。

　　噗呖——噗呖。

　　噗呖——噗呖。

　　　噗喽。

　　　叮，

　　　叮，

　　　叮，

　　　叮，

　　　叮。

　　　噗喽。

　　噗呖——噗呖。

　　噗噜，噗噜，噗噜。

噢咿噗，噢咿噗，噢咿噗，噢咿噗。

叮，

叮，

叮，

叮，

叮。

噗呖——噗呖。

噗呖——噗呖。

噗喽。

内夫塔利？是谁将云朵里的水

变成山顶的白雪，

把白雪变成了河流，又令河流汇入了浩瀚的大海？

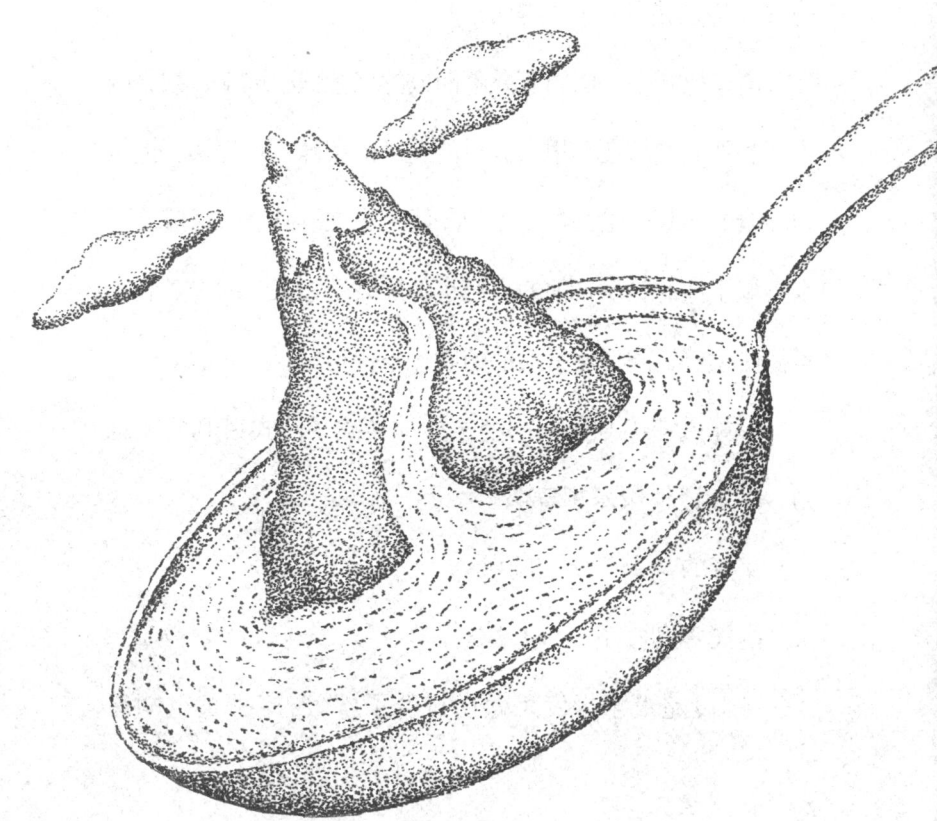

伴着大自然所馈赠的雨季钢琴曲,内夫塔利望向安第斯山脉,那起伏的山脉犹如在空中游弋的白袍唱诗班。他的视线又转向那淙淙穿过森林的考廷河。内夫塔利闭上眼睛,不禁猜想,如果越过拉布兰萨、博洛安还有兰奎尔克这些地方,越过这些海水摇撼着的崎岖大地,安第斯山脉的另一边该是什么模样啊……

窗户敞开了,由雨滴叠落而成的飞毯飘了进来,载着内夫塔利飞向他只在书里看到过的遥远的海洋。在那里,他是一艘船的船长,船头在无尽的深蓝色中推涛破浪。咸咸的海水打湿了他的脸颊,他的衣衫也随风鼓动起来。内夫塔利紧紧抓住桅杆,回望着身后的祖国——智利。

指挥员那尖利刺耳的哨声猛地唤回了内夫塔利的注意力,瞬间让他恢复了意识。

父亲的身影已堵在门口。

内夫塔利打了一个寒战。

"别没完没了地发呆做白日梦了!"父亲那黄色胡须

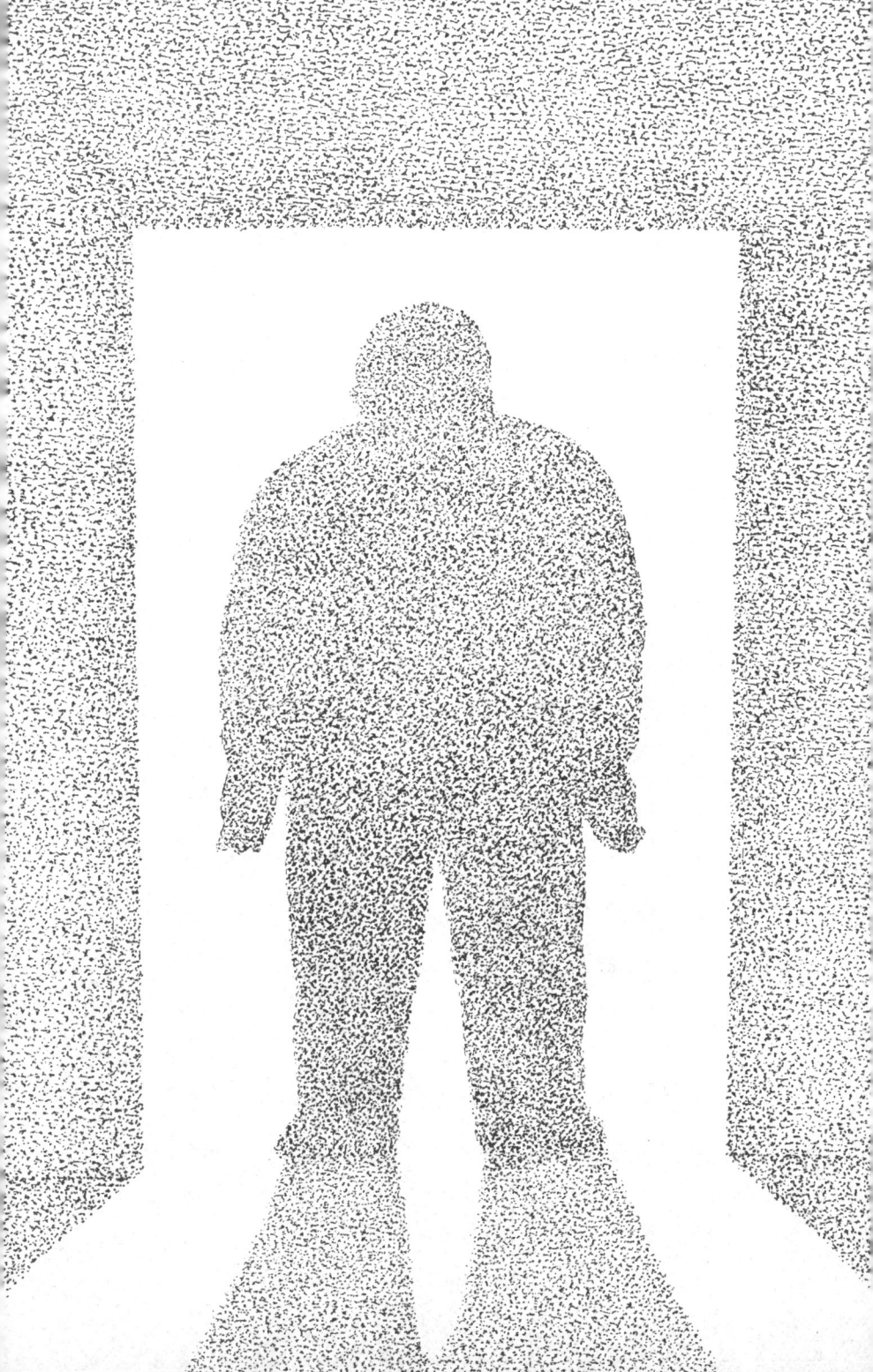

的白色须尾随着他那尖下巴的咬紧和放松而抖动着,"你为什么下床了?"

内夫塔利转开了自己的视线。

"你想永远做一个皮包骨头、病恹恹、一事无成的人吗?"

"不—不—不—不是的,父亲。"内夫塔利结结巴巴地说。

"你和你母亲一样,喜欢在纸上乱涂乱画,心思总是在另一个世界。"

内夫塔利按了按自己的太阳穴。他从不知道自己的母亲是一个怎样的人。在他出生两个月后,她就过世了。父亲说得对吗?做白日梦会让人变得虚弱吗?是白日梦让母亲变得那样虚弱,最后让她离开我们的吗?

继母匆忙走进房间。

父亲指着继母说道:"你可得看紧他!他必须在床上静养,不然他永远不会变得强壮。"说完,他从门口挪开,地板因此震颤了一下。

继母轻握着内夫塔利的手,温柔地把他扶到床上,为他盖好毯子。"你母亲并不是因为自己的想象力才离开这个世界的,"她悄声对内夫塔利说,"是因为高烧。你瞧瞧我,我的身体这样单薄,很多人都说我简直弱不禁风。虽然我外表既不高大,也不强壮,可我有最强大的内心……就像你一样。"继母轻轻抚摸着内夫塔利的头,"我懂你的心情,那么多天都要待在床上静养,那很难熬。"

"我……我感觉好……好些……"内夫塔利一边说,一边伸出手摸了摸继母颈后精致发髻上的乌黑发丝。

"在床上再多静养一天,好吗?"继母说道,"我读故事给你听吧,我们一起用读书打发时间。"

在继母令人宽慰的平静的声音中,内夫塔利的思绪沉浸在那传奇冒险中的佩剑侠客和巨人中。在那里,让他倍感烦恼的羞怯和难为情都可以被抛在脑后；在那里，他不会因为瘦小和病弱被人形容成"胫骨"，更不会成为街区里的男孩们玩街头游戏时最后才会选择的人。

随着书页的翻动，内夫塔利已然忘记自己说话时是会结巴的，他幻想自己像哥哥鲁道夫那样健康强壮，像妹妹劳丽塔那样开心自在，像拥有本地报社的舅舅奥兰多那样自信聪明。当所有的书页都翻过去时，他已经敢于想象自己拥有一个朋友了。

读完故事后，继母静静地离开了房间。内夫塔利则开始琢磨起天花板上的裂缝。这些裂缝看起来真是像极了地图上的一条条公路，他不禁猜想这些道路属于哪个国家。

忽然，内夫塔利叹了口气。看来父亲关于幻想的一番话并没有影响到他，他依然在幻想的世界里不想离开。

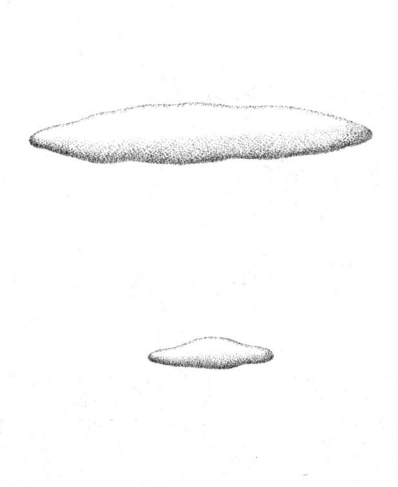

内夫塔利？这段未完成的楼梯

通往哪个神秘的国度呢？

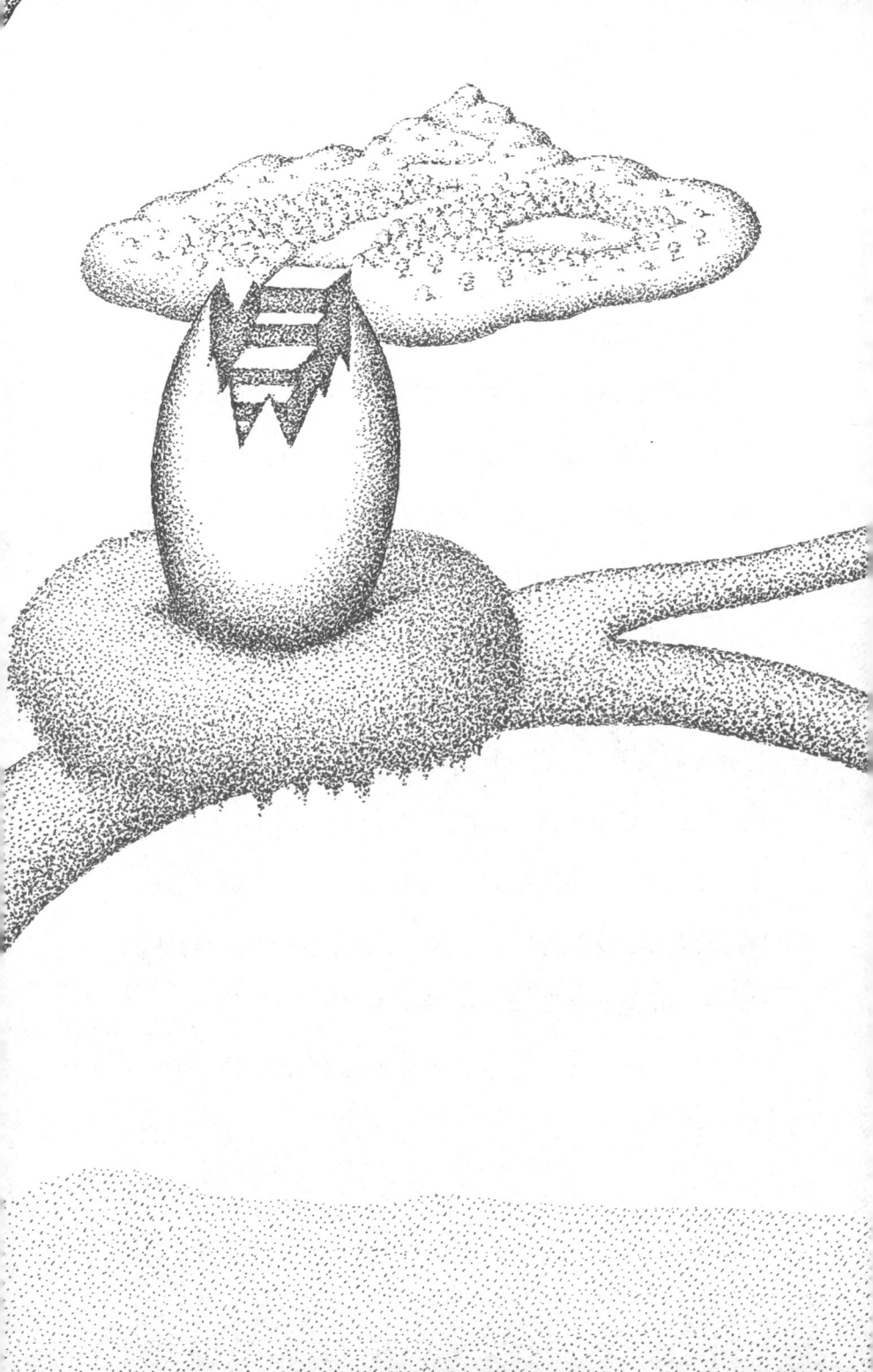

内夫塔利生活中的每一个稀奇古怪的细节都在嘲弄他。他的思绪游荡着：

游荡到外面如怪兽般肆虐的狂风里去，那狂风让屋顶受到了惊吓；游荡到遥远的隆隆作响的巨龙火山——亚伊马火山那里去，那声音让地板都打起了嗝；游荡到他那胆小的房子里几面临时的墙壁上去，每当火车呼啸而过，墙面就会畏缩并战栗起来；游荡到那个有着杂乱设计的房间里去，那个房间里有个未完成的楼梯，或许能够通向位于另一层台阶上的一个城堡，可惜它在很久以前便已经荒废在建造途中了。

第二天，继母很是留心内夫塔利的一举一动，这让他实在没有办法偷偷跑下床。可内夫塔利灵机一动，拜托妹妹劳丽塔做他的使节，代替他来到窗边。

"告—告—告—告诉我，所有你能看到的，请—请你告诉我！"

劳丽塔点点头。只有四岁的她，个子小小的，很难看到外面的一切。她将一把椅子推到窗边，爬上去，然后俯身向前。圆溜溜的漆黑眼眸、眨呀眨的细密睫毛，还有乌黑的头发，让劳丽塔看上去就像一只停留在窗台的小鸟。"我看见了雨……坑坑洼洼的天空……湿湿的叶子……一只落单的靴子……都是泥巴的小水坑……一条流浪狗……"

"告—告—告诉我那条流浪狗，"内夫塔利说道，"它是什么颜色的？"

"它浑身都淋湿了，我看不清，也许是棕色的，也许是黑色的。"劳丽塔答道。

"告—告—告诉我那只落—落单的靴子吧。"

"它没有鞋带，看起来很孤单。"

"等明天，明天我就可以下床了，我要把它救回来，然后放到我的收—收藏里。"

"可你已经有那么多石头、树棍和鸟巢了。再说，靴子很脏的，"劳丽塔说，"而且你也不知道它都到过哪里或是谁曾经穿过它。"

"没错，"内夫塔利说，"但—但—但是我会把它洗干净。也许，它以前属于一个石匠，如果我拥有了这只靴子，我就能拥有石匠的力量。又或者，它以前属于一个面—面—面包师，一旦我的手摸到了靴子的皮革，我就知道怎么做面—面包了。"

"内夫塔利，你好傻呀！"劳丽塔咯咯地笑了起来。

这时，继母在门口说道："劳丽塔，巴莱里亚来找你玩了。对了，内夫塔利，你需要小睡一会儿了，不然明天你会没精力回学校上学的。"说完，她走到床边，亲了亲内夫塔利的额头，然后细心地把毯子一直拉到内夫塔利的下巴处，为他盖好。"我的孩子，你的气色看起来好多了。你现在感觉怎么样？"

"我挺好的。妈妈,求一求你了,让我读一小会儿书,好吗?"

"这真是自食苦果呀,我实在不该在你还没上学时就教会你读书识字。"继母微笑着向内夫塔利点点头,"只能读一个故事。"说完,她便离开了房间。

内夫塔利从床边的桌子上拿起一本书。尽管他并不认识所有的词,但他尽可能地读所有他认识的词。他喜欢一些特定的词的韵律,一旦他遇到一个这样的词,他就一遍一遍地反复读:火车头,火车头,火车头。在他的脑海里,他自己并不结巴。他听到了这个词,就好像他已经把它大声说出来一样,是那样完美。

内夫塔利爬下床,拿起一张纸和一支笔,写下这个词。

火车头

他把纸折成一个很小的正方形，放进梳妆台的一个抽屉里，那里装满了内夫塔利写过字的对折起来的正方形小纸片。放好后，他轻轻地爬回床上。

父亲昨天的问题无意中钻进了内夫塔利的脑海：你想永远做一个皮包骨头、病恹恹、一事无成的人吗？

抽屉里的词互相推搡着，把自己搅得乱七八糟。抽屉打开了。那些小纸片咻地飘到了房间里，它们一个接一个地编排着调整自己的位置，最后排成了各种稀奇古怪的形状，浮在内夫塔利的头上。

巧克力

牛至

鬣蜥蜴

可怕的

火车头

内夫塔利坐起来，揉了揉眼睛，环顾了一下四周，飘在头上的那些词居然都不见了。他急忙从床上滑下来，蹑手蹑脚地走到抽屉旁，打开它一探究竟。

所有的词都在酣睡。

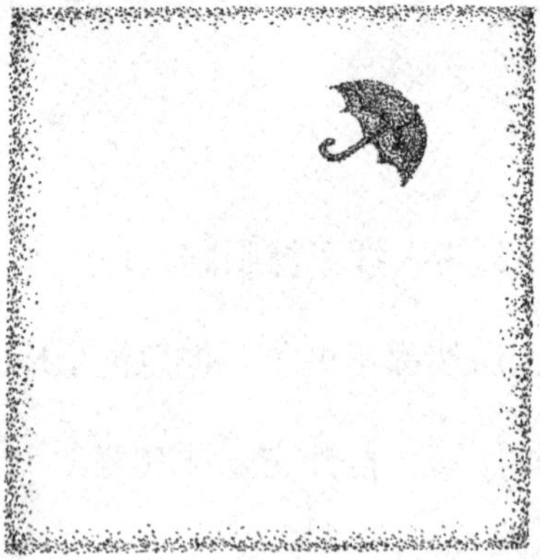

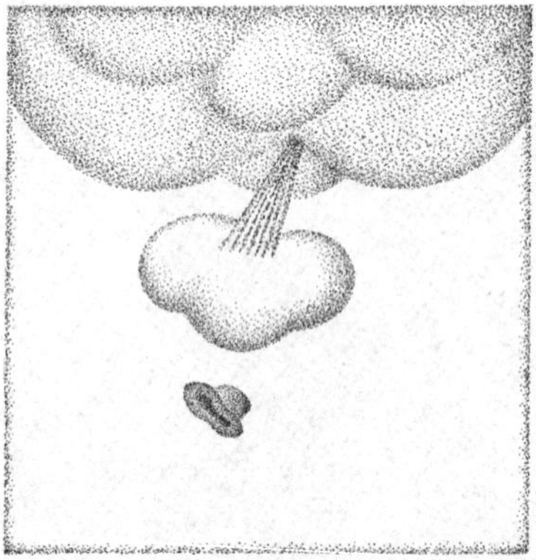

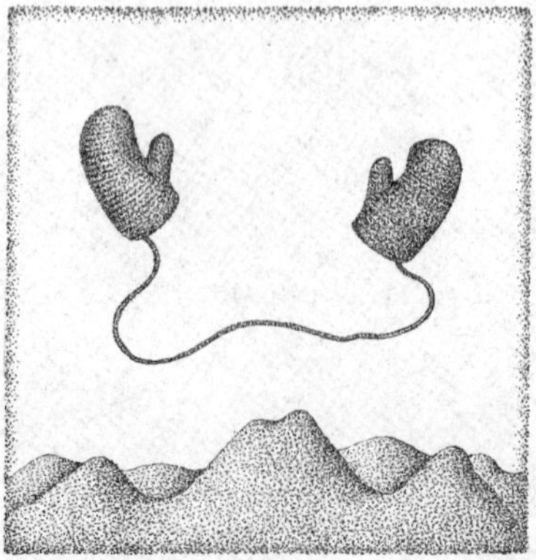

WIND
二　风

"啦，啦，啦，啦，啦，啦，啦啦啦啦啦啦啦……"

内夫塔利被正在练习唱音阶的哥哥鲁道夫给吵醒了。平时，内夫塔利都很享受鲁道夫的歌声，可今天真的不行。因为父亲认为歌声就是个干扰，尤其是当父亲心情不好时，他很容易就会临时变卦，之前答应过的事情可能就不算数了。父亲今天会准许内夫塔利去上学吗？内夫塔利急忙从床上跳起来，迅速穿戴好，然后飞一般地跑去鲁道夫的房间。

只见鲁道夫顶着一头乱蓬蓬的深色头发站在梳妆台

前，他的站姿格外挺拔，双手紧紧地交握在胸前，上下灵活翻动着的舌头不断吐出串串音符："啦，啦，啦，啦，啦，啦，啦，啦，啦啦啦啦啦啦啦……"

"鲁—鲁—鲁道夫！"内夫塔利把一个手指放在自己的嘴巴上提醒哥哥，可显然已经太迟了。

父亲低沉有力的声音穿透了整栋房子："鲁道夫！不要再弄出这种无用的噪音，马上给我停下！"

鲁道夫翻了一下白眼，抓起外套，匆匆走过内夫塔利身旁，离开了房间。

想象着即将到来的一通说教，内夫塔利无奈地叹着气。他稍微用力掐了掐自己的脸颊，来让自己看起来更红润更健康一些，接着便跟随鲁道夫来到了厨房。

当他来到厨房时，其他人都已经坐好了。鲁道夫目不转睛地盯着自己的早餐，极力回避父亲的目光。母亲正递给劳丽塔一罐无花果果酱，好让她抹在面包上。内夫塔利拉开他的椅子，安静地坐下来，心想也许并不会发生他想象中的那番不快。

"鲁道夫,上个月我在家那段时间,听到的全是你唱歌的声音,"父亲开始说教了,"如果你真有那么多闲暇时间,应该用来好好学习。"

"但是……"鲁道夫刚开口,他的眼睛便立马从父亲这边瞥向了母亲。

母亲轻轻地点着头回应道:"你必须得告诉他了。"

鲁道夫深吸了一口气,看着父亲说道:"我……我是为了学校的表演在练习,然后……"

父亲倾身向前:"然后……什么?"

"我的老师和校长说……如果我学习音乐,我可能会得到去音乐学院的奖学金。"

父亲放下餐叉:"我向你保证,我的哪一个儿子都不可能去念音乐学院。"

鲁道夫争辩道:"但是……但是他们……"

父亲砰的一声将拳头砸在桌子上。鲁道夫受到惊吓,跳了起来；内夫塔利本能地直接缩到了椅子下面；慌神的小妹妹劳丽塔则马上去拉母亲的手。

"何塞,"母亲说道,"他们都认为鲁道夫展示出了很大的潜力。"

"他已经十五岁了,再过几年就得自力更生了。唱歌只会分散他更多时间和精力,不仅徒劳无功,也不可能为他谋份工作。"父亲拿起叉子,对着鲁道夫挥舞,"我不会让你跟我一样。这么多年了,我仍然是一个贫穷的工人,不停地从一个城镇奔波到另一个城镇,就为了找活干……"

内夫塔利和鲁道夫彼此交换了一下眼神,双双垂下了肩膀。这个故事实在是听过太多次了。

"我尽己所能地维持一家的生计,尽力节俭,好存下一些钱,"父亲完全没有要停下来的意思,"最终,我在铁路上找到了一份工作,得到的收入让我可以很好地养家,但这不应该是你的生活。现在是时候认真为你的未来打算了。你应该学习经商或者医学。如果我当年有机会,肯定会选择其中一样。你绝不应该再在音乐上浪费哪怕一丁点的时间了。"父亲看向母亲,说道:"给他的老师写张纸条,说清楚。"

鲁道夫闭上了眼睛,当他再睁开时,睫毛已经被打湿了。

内夫塔利低头盯着哥哥的餐盘。他不想盯着哥哥看,因为这会让鲁道夫感觉更糟糕。

"赶紧吃完你的早饭,然后带着内夫塔利一起去学校。要确保他在上课铃响之前到。我们今年已经收到过一封有关他迟到问题的信了。"

"他喜欢走走停停,到处收集各种莫名其妙的东西,这又不是我的错。"鲁道夫小声嘀咕着。

"要确保他不会走走停停,"父亲说道,"他脑袋里想的应该是事实和数字,就像你一样。不然他就永远是个爱瞎想、不切实际的人。还要注意他的保暖,以免他再生病。"

内夫塔利看看哥哥,又看看父亲。他们难道看不见他就坐在这里吗?他好希望自己有勇气大声告诉父亲,他并没有收集莫名其妙的东西,他收集的是重要的东西。而且父亲说得对吗?他是一个爱瞎想、不切实际的人吗?

兄弟俩在家门口穿好外套后,鲁道夫面对着内夫塔利,说道:"你也听到父亲的话了。把你的手套戴上。"

内夫塔利犹豫着。因为他总是感觉他的手在手套里太拘束了,像被困住了一样。手套让他无法去捡一些偶遇的小宝藏。他抬眼瞥了一下,父亲还坐在餐桌旁,仍旧可以看到他们的一举一动,他只好不情愿地伸出手。鲁道夫连拽带拉,总算把羊毛手套给他戴上了。

接着,内夫塔利伸手去够自己最喜欢的那顶帽子,那是一顶旧旧的绿油布帽子,是父亲送给他的。每当戴上那顶帽子时,他就会想象自己能从帽檐吸收父亲的所有权威。

"你是真的要戴这顶可笑的帽子吗?"鲁道夫说,"所有人都会认为你是个呆瓜。"

内夫塔利站得更笔直了,也把帽子戴得更紧了。

鲁道夫不耐烦地扬了扬手:"难怪你没有朋友。"说完,鲁道夫拉住内夫塔利的手,牵着他走出门。

鲁道夫像一只拿定了主意的雨蛙一样,从容地应对着泥泞坑洼的小路,从一块石头跳到另一块石头上,同时还小心地拉着身后的内夫塔利。

内夫塔利却从鲁道夫牢牢握紧的手中挣脱了出来。

"跟紧我!"鲁道夫喊道。

可内夫塔利已经站定不动,正饶有兴趣地观察一棵山毛榉底部突出的盘根错节的树根。

无奈的鲁道夫只好折回到内夫塔利身边,拽紧他的手,拖着这个不情愿的小家伙去学校。

内夫塔利也想努力跟上鲁道夫的脚步,可他又看到了昨天劳丽塔在窗边告诉他的那只孤单的靴子。他猛的一下抽出了自己被鲁道夫握紧的手,直奔那只靴子跑去。

鲁道夫追上他,拽住他的胳膊,把他硬拉了回来。"你真的是个傻瓜。为什么每次遇到一个蠢到不行的东西你都要停下来呢？你就不能像其他正常的男孩一样好好走路吗？"鲁道夫边说边推着内夫塔利向前走，直到内夫塔利把鞋跟戳进了土里，并用手指着天空。

"又怎么了？"鲁道夫责问道。

一阵猛烈的疾风扫过，一把雨伞被裹挟到了空中。雨伞就这样在寒风中震颤摇摆着。这一幕让内夫塔利看得无比入迷。

"就是一把雨伞，没什么特别的。我们快走吧！"鲁道夫说着就用力把他推到了男校的操场上。

偏偏这时又起风了，风抓住内夫塔利那顶绿油布帽子，将它从他的头上提了起来，抛来抛去。内夫塔利推开哥哥，急忙跑开，想从风的手里夺回自己心爱的帽子。可每当他马上就要碰到帽子时，风准会把帽子吹走，就像是在玩一个叫"请勿靠近"的游戏。

内夫塔利原本以为自己听到了风的吼叫声，直到他意识到那其实是鲁道夫和一群男孩子在嘲笑他无用的尝试。

他只能无助地看着风把他的绿油布帽子偷走,失落地望着风卷挟着它消失在阿劳坎人[1]的森林的最高处。

当内夫塔利终于回过神来,面对大家的讥笑和奚落时,他努力地试着昂首挺胸,可是没有了父亲帽子的加持,权威感荡然无存。

一位老师站在由古老宅邸改建而成的校舍的台阶上,敲响了上课的铃声。男孩们蜂拥跑进各自的教室。内夫塔利也快步向前,但他注意到一片带斑点的树叶上有一只金龟子。他脱下手套,丢到一旁,俯身观察起来。

内夫塔利听到头上传来一声哀叹。

"快点,内夫塔利!如果你迟到了,对我们俩都没有什么好处。"

内夫塔利抬头看见了一脸哀求的鲁道夫,便拉住了鲁道夫的手。

---

[1] 阿劳坎人,操同一语言的南美印第安人,住在智利中部气候温和、土地肥沃的谷地和盆地。阿劳坎人也被称为马普切人,是智利和阿根廷最大的印第安部族。

"你的手套哪儿去了?"

内夫塔利跑到刚才撒下手套的地方,可它们已经不见了。

"没关系,"鲁道夫说,"快点!他们正在关门!"

"但—但—但是父亲会……"

"丢了才好。"鲁道夫朝地上啐了一口吐沫,"现在他也不能强迫你戴手套了。快走!"

内夫塔利紧跟着鲁道夫的脚步,兄弟二人一路小跑。在走进教室之前,内夫塔利透过走廊窗户看到风正在摆弄自己找不到的那副手套。在内夫塔利的眼里,那就像是一双幽灵的手在智利的天空中挥着道别。

我的手套要跟随风去往哪里?它们的下一个主人会是谁呢?

望着越飞越远的手套,内夫塔利仿佛觉得一小部分的自己也在随风自由地飘荡。这一小部分的自己到底会不会找到一个朋友呢?或者一个都找不到?

"再见!"内夫塔利挥着手轻声道。

风赠予了什么呢？

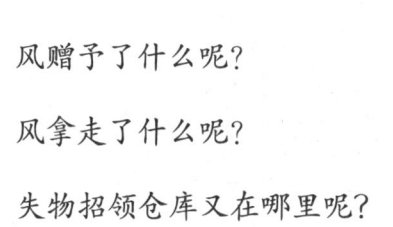

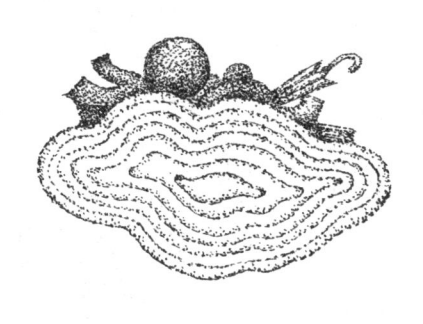

风拿走了什么呢？

失物招领仓库又在哪里呢？

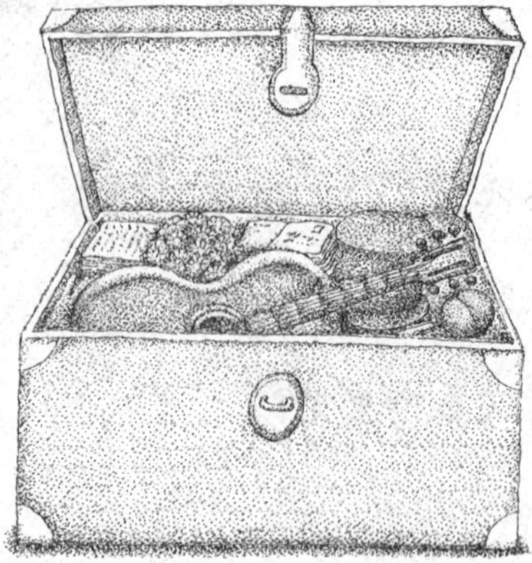

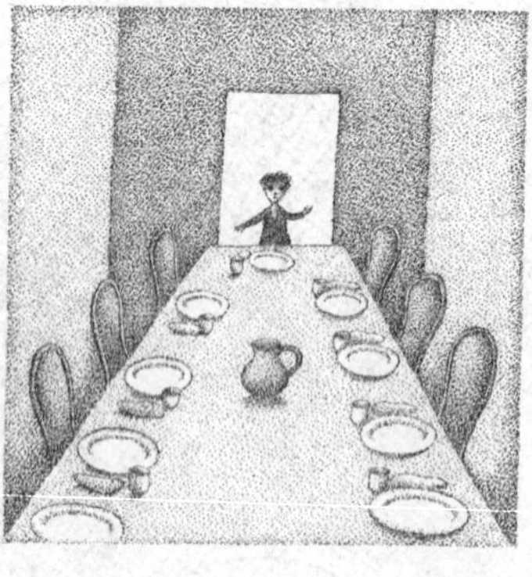

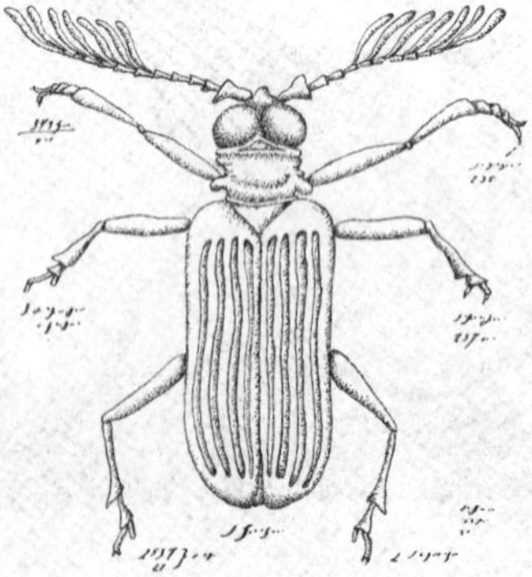

MUD
三　泥土

噗呖——噗呖。

噗唛。

噗噜，噗噜，噗噜。

噢咿噗，噢咿噗，噢咿噗，噢咿噗。

叮，

叮，

叮，

叮，

叮。

几近一个月，这里都是大雨如注。凹陷的山川没入到溪谷里，房屋浸没在浅水湖里，黏附在铁轨上的石子和泥土则被雨水冲刷干净，不复存在了。父亲在为出发去修缮铁路做准备，这一走估计又是几个礼拜。

内夫塔利和鲁道夫透过一扇窗向外眺望，目送父亲离开家门，走向月台去等待火车。工人们都到达后，围绕在父亲身边。

"父亲今—今—今天没有摆出一张不高兴的脸，"内夫塔利说，"他看起来心情很好，也很随和。"

"他当然高兴了，"鲁道夫说，"他可是工头，每个人都必须服从他的命令。"

"但他们都喜—喜—喜欢他，"内夫塔利说，"你看到他是怎么讲笑话让工人们都开怀大笑了吗？"

鲁道夫摇着头："如果你需要那份工作，你也会对他的笑话开怀大笑的。"

"父亲有许—许—许多朋友，"内夫塔利执拗地说，"他在家的时候,家里的桌子旁总是挤满人的。"

"啊,是啊。了不起的何塞·雷耶斯。越多的人在他的桌旁坐下,他就越觉得自己重要。但他派发出去的请柬就像快要烂掉的李子,根本没人要。"鲁道夫满脸厌恶地说道,"对我们来说,他最好还是待在森林里吧。"

"为——为什么?"

"内夫塔利,你难道不痛苦吗?"鲁道夫抬起一只手,逐一掰弄着每根手指,"我们不能去大客厅里坐着。我们不把双手搓洗干净到破皮,就不能吃饭。我们不能弄出任何声响。我们不能唱歌。我们必须和他想法一样。"鲁道夫垂下了肩膀,"我们只能成为他想要我们成为的人。他在家时,就连妈妈也要变成一个佣人。我们所有人都要任凭他来摆布。等你长大后,估计会更糟糕。"

"不——不会的,不会变得更糟糕,因为我不会像你这么固执。"

"你认为这是我的错?就算你一直顺从他,你会长大并成为他的骄傲和快乐吗?"鲁道夫得意地笑着,"祝你好运。祝你将来好运。等你到了我的年纪,你就知道了。"

屋外传来哨声,火车离站了。兄弟俩注视着,直到最后一节车厢消失在绿荫遮蔽的山洞里。"我希望自己可以到那座森林里去。"内夫塔利说道。

"那可很远,而且没有一点乐趣,"鲁道夫说,"你为什么那么想去那里?"

"我想去看……所有的一切,"内夫塔利说,"高—高—高大的松树,鹦鹉、金龟子和鹰,还有父亲说过的森林里那种会预测未来的鸟。"

鲁道夫点点头,"智利窜鸟[1]。如果你听到它的叫声从你右边传来,那就是一个好预兆,代表着财富和幸福。如果你听到它的叫声从你左边传来,那就是一个警告,预示着霉运和失望。人们都说窜鸟不会撒谎,而且,你永远会先听到它的叫声,然后才会见到它。窜鸟是一种非常害羞

---
[1] 智利窜鸟是窜鸟科的一种。窜鸟科属鸟纲雀形目的小型鸟类。

的鸟。"

"我想见到鸢鸟,也想见到另一个父亲……随—随—随和的那一个。"

鲁道夫摇摇头,走出了房间。

内夫塔利低声对自己说:"我要去看……所有的一切。"

~ ~ ~

数日的大雨演变成了数周的大雨,无间歇的降雨让所有人都被困在家中,泥泞的路面也令所有货车对街道望而却步。

结果,因为大雨,舅舅奥兰多无法去自己的办公室,只好来到内夫塔利家,在他们的餐桌上忙着写新闻稿件。

舅舅奥兰多是母亲的弟弟,除了比母亲高一些,他简直与母亲长得一模一样,他们有着同样宽阔的面庞和幼犬般惹人怜爱的眼睛。内夫塔利很喜欢看舅舅工作,于是他在舅舅身旁也摆好工作的架势,模仿着舅舅的一举一动。

当舅舅奥兰多写东西时,内夫塔利就抄写书上的词。

当舅舅奥兰多用字典查找一个词语时,内夫塔利也跟着做。当舅舅奥兰多把铅笔别在耳后,站起身来回踱步时,内夫塔利也尾随着他的步调前前后后地走。如同不懂放弃的滂沱大雨那样,内夫塔利也丝毫不放弃。

在舅舅奥兰多来家里的第四个午后,劳丽塔在厨房的地板上玩自己的娃娃,鲁道夫一边写作业一边哼着歌,母亲则在为晚餐准备土豆卷饼。坐在餐桌一端的舅舅奥兰多在书堆和报纸堆间埋头写东西。内夫塔利站在舅舅身旁,身体倾斜着越来越靠近舅舅。

"外甥,我不确定这张椅子够我们两个人一起坐,除非你坐在我的腿上。你真的打算看着我写完每个句子吗?"舅舅奥兰多问道。

内夫塔利将手指放在舅舅奥兰多的纸稿上:"那个词是什么?"

"是马普切人。他们是阿劳卡尼亚[1]的原住民,是我

---

[1] 阿劳卡尼亚,现在是智利从北到南的第九大区。首府特木科。

们的邻居。"

内夫塔利飞快地拿起了自己的那张纸,抄写上"马普切人"这个词。

"如果你继续这样模仿下去,恐怕有一天我得让你做我的工作搭档啊。"

内夫塔利微笑着,拼命地点头。

"好吧,既然你想要协助我的工作,那我需要你调整一下你那恼人的呼吸声!"舅舅奥兰多伸过手将内夫塔利一把抱起来,让他坐在自己的腿上,挠他的痒痒,和他嬉闹着扭斗。不一会儿,舅甥俩就在地板上滚成一团了。

鲁道夫也跳起来,向他们扑过去。

在他们三人危险地迫近自己的玩具娃娃时,劳丽塔尖叫起来。

他们三人立即大笑起来,翻滚着分开了。

母亲站着,将双手插在后裤兜里。"看来,在阴沉的雨天,我们都需要些消遣来转移一下注意力。"她说,"我们不要再待在这个房间里了,走,去大客厅,我给你们读故事听。"

"但—但—但是我们不—不—不被允许进入大客厅。"内夫塔利提醒她。

母亲微笑着,挑起了眉毛。"今天都允许。"

当母亲和舅舅奥兰多在做热可可时,内夫塔利、劳丽塔,甚至还有鲁道夫都回房间去拿薄毯子,兄妹三人咯咯笑起来。

这会儿,大家都盖着温暖的薄毯子,舒适惬意地依偎在一起,喝着热饮。母亲挑选了一本书,清了清嗓子,便读起来,这个故事把每个人都带进了一个住着精灵和公主的国度。

当故事结束时,劳丽塔掀开自己的毯子,蹦起来,跳着转圈圈,"我是公主!我是公主!"

"可你看起来不像是一位公主呀。"鲁道夫取笑道。

"的确,她看起来确实不像。我们能做点什么来改变一下吗?"舅舅奥兰多看着母亲说道。

母亲微笑着从椅子上起身,在那个由黄铜配制并有橡木装饰的巨大行李箱前跪了下来。

他们当中没有人见过箱子里都有什么。内夫塔利看着耸肩又微笑的鲁道夫。劳丽塔双手捂着嘴巴,屏息凝神期待着。

母亲抬起了笨重又弯曲的盖子。

衣服的霉味和雪松的味道吸引着内夫塔利凑上前去。

母亲拿出了一摞叠起来的裙子和一件羊毛外套,然后把一顶皮帽子递给了内夫塔利。在箱子的更底层,母亲找到了一件蕾丝衬裙和一条薄披肩。劳丽塔立刻拿来衬裙,套在自己身上。在劳丽塔旋转着绕圈时,母亲又拿出了一把吉他。舅舅奥兰多设法修复这把吉他,他拧紧琴弦,开始调音。

母亲又找到了一顶大礼帽,把它拿给了鲁道夫。

在母亲为劳丽塔系上披肩的空当,内夫塔利来到巨大的行李箱旁，仔细地打量着箱子。在箱底，他看见一捆用缎带绑起来的书信和明信片。这些书信和明信片里该保存着多少词语呢？

他探身向前，向下伸出手，抓住了那一捆……他居然头朝下摔倒了！

母亲转身喊道："内夫塔利！"

"我在这里。"他那混合不清的声音从箱子底部传来。

等到舅舅奥兰多过来把他扶起来，安放在沙发上的，内夫塔利手里仍旧握着那捆书信。每一封信都从信封的顶部被打开过，所有的勒口处仍有蜡封，并且有一个心形的印记。最上面的一封信上，不知是谁在蜡封处写下了"爱"这个字。

母亲从他手上拿走这一捆书信，重新放回到箱子里，并小心翼翼地合上了箱子。"内夫塔利，行李箱盖很可能会砸到你的头或手。你这样做是为了什么呢？就为了一捆我们或许都不认识的亲戚寄来的破旧的书信和明信片？答应我，永远都不要再打开这个箱子！"

内夫塔利依依不舍地看着箱子说："我发一发一发誓。"

舅舅奥兰多漫不经心地弹起了吉他。"内夫塔利，来，站到我身边。作为我的搭档，你认为我们接下来应该做些什么呢？"

内夫塔利抬起头，"唱一首歌一歌一歌？"

"这正是我的想法，"舅舅奥兰多说，他的一条腿倚靠在椅子上，吉他就放在他的膝盖上，"鲁道夫，不知道我们是否有这个荣幸听到你的歌声呢？这个家里没有人拥有你那样的歌喉。"话音刚落，琴声就响起来了。

鲁道夫犹豫地看向母亲，又看向舅舅，似乎在寻求鼓励。

"你爸爸不在这里，鲁道夫。就当这是你帮我的一个忙。"

鲁道夫又看向母亲。

她点了点头。

内夫塔利内心深处的某些东西希望鲁道夫可以用他最高亢的声音来歌唱。他兴奋地拍着手叫道："没—没—没错！"

鲁道夫笑了笑，戴上了那顶大礼帽。他唱了起来，先是轻柔地吟唱，"让我们用盛满喜悦与美好的酒杯畅饮……"

忽然，他停下来，望向每一个人，好像在确定什么。

舅舅奥兰多最先点头示意。"继续，我知道这首歌，它选自歌剧《茶花女》。唱得再大声些，节奏再快些。这是一首蕴含伟大精神的歌。"舅舅奥兰多再一次弹起了起始的和弦。

鲁道夫再一次展开歌喉。

母亲和劳丽塔跳起舞来。

内夫塔利也站了起来，一只脚轻踏着，双手打着节拍。

劳丽塔和母亲跳着华尔兹，她们越跳越快，两个人都笑了起来。

内夫塔利无法将自己的眼睛从鲁道夫脸上移开，因为

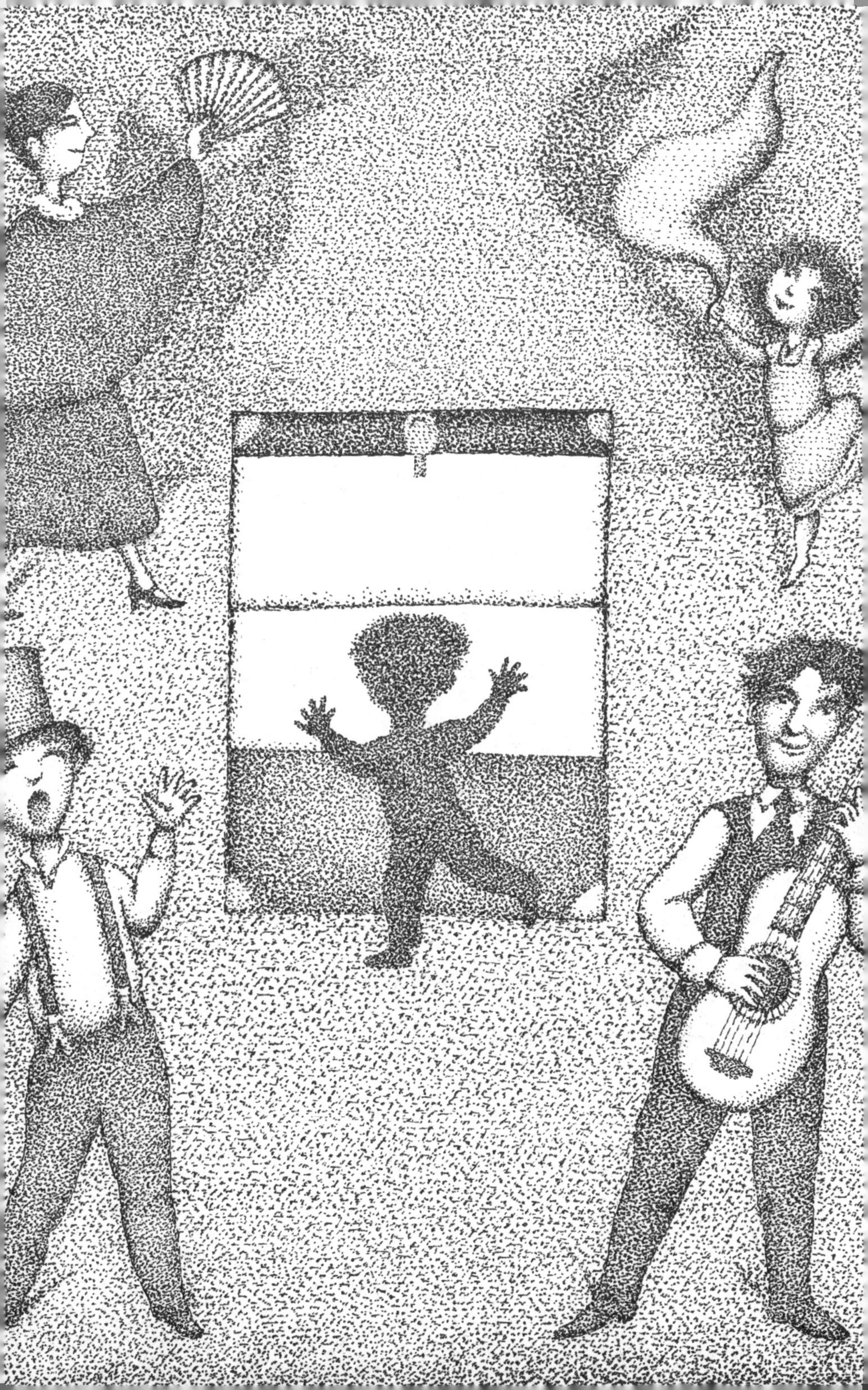

鲁道夫的脸上已经找不到一丝生气和闷闷不乐的踪影。他的歌声是那么浑厚、丰盈，是实打实的歌剧腔。

鲁道夫展开双臂高唱着，他的高音圆润纯厚，是那样动听，以至于内夫塔利的眼睛里盛满了感动的泪水。

舅舅奥兰多用了几组响亮的和弦来为鲁道夫的最后一个长音伴奏，也以此结束了整首歌。

鲁道夫摘下大礼帽致谢，随即又抛出礼帽，丢出一个完美的弧形。当鲁道夫在鞠躬谢幕时，母亲和妹妹劳丽塔都冲上前去，抱住了他。

"太—太—太精彩了！"内夫塔利呐喊道。

内夫塔利已回想不起是否他曾见过鲁道夫或者劳丽塔如此地开心，又或者上一次听到母亲开怀大笑是什么时候。他也跑到家人身旁，用双臂紧紧地环绕住他们，期望此刻盛大的欣喜能够持续到永远。

可惜这一切结束得太快，忽然母亲整个人僵住了，她举起一只手示意大家保持安静，然后把头倾向了一侧。

没有人发出一丁点声响，因为大家都想听出，母亲到底听到了什么。原来如此，是一阵微弱的火车汽笛声。尽管每天有数不清的火车从特木科小镇经过，但母亲总能知道哪一声汽笛来自父亲的火车。她脸上的笑容逐渐消失了。

内夫塔利无精打采地望着鲁道夫的脸。

"别担心，"母亲说道，"火车还没离我们那么近。现在，快……"

大家都仓促地行动起来。

鲁道夫和舅舅奥兰多重新摆好了行李箱里的一切。劳丽塔冲过去收拾所有的杯子和杯碟，但她的手抖得太厉害了，以至于一个杯子掉在地板上打碎了。劳丽塔开始哭起来。

内夫塔利跑到她身边。"没关系，劳丽塔。你拿一拿一拿着毯子先回卧室吧。让我来整理这些碎片。"

"可—可是……"劳丽塔睁大了泪眼，抽泣着说道。

"如果父亲发现了，我会说是我不小心碰掉的。"内夫塔利说。

劳丽塔用胳膊擦掉自己的眼泪，朝内夫塔利露出一个甜甜的笑容，便去收拾所有的毯子了。

与此同时，母亲在一项又一项的准备中忙碌着：从厨房拿回餐厅里的桌布，从橱柜里取回本应在餐桌上的烛台。她仔细谨慎又不失章法地叠好餐巾，摆放好玻璃杯和餐盘。这期间，她没有讲过一句话。

当内夫塔利清理好杯子和杯碟后，他跑过去帮助鲁道夫和舅舅奥兰多把多余的椅子挪回餐桌旁。他已经开始忧虑所有可能会跟他对视并问他问题的大人。

"有多—多—多—多少把椅子？"

母亲头也不抬地回答道："至少有十二把。如果你父亲没有带回那么多客人，他也会把街上的陌生人请来填满每一个空位。梳一下你的头发，还有洗洗手。我得去热一下肉饼和牛排了。"

想到牛排配着洋葱还有土豆卷饼,内夫塔利已经止不住地流口水了。他希望这些美食可以填满那种空虚感——当他听到火车汽笛声时,将他淹没的空虚感。那是一种让内夫塔利觉得突然间失去了什么的感觉。

他看着母亲转身走进厨房,脸带愁容,一副心事重重的模样。她的笑声、闪烁着光芒的眼睛,还有绯红的脸颊都去哪里了呢?母亲将它们都埋藏到哪里了呢?

~ ~ ~

不到一个小时,父亲的靴子就重重地踏在了地板上。他洪亮的声音填满了整栋房子:"我回来了!"他吹响了指挥员的哨子。

内夫塔利、鲁道夫和劳丽塔都一溜烟地冲到了他的面前。他们举起双手放平,然后将手掌一面朝上,等待接受检查。内夫塔利的手掌由于过于卖力地搓洗,仍是通红。

"很好。"父亲点头说道,然后朝餐厅走去。

家门再次被推开,人流涌入了这栋房子:有铁路工人,有商店的店主，甚至还有一位曾经在特木科小镇被打劫过的客商。

父亲从餐具柜里拿出酒给大家倒上，并为每一个人安排好座位。

内夫塔利在自己的位置坐定，摆好最喜欢的姿势来研究他的餐盘，因为这能回避所有客人的眼睛。他把桌布推到一旁，满心期待地看着桌子下面，心想要是能逃到桌子底下与神秘的靴子作伴该多好啊！

父亲坐在餐桌的主座上，和颜悦色又慷慨地招待着每一位宾客，分享故事就像分享自家烘焙的面包一样熟稔。他会对宾客讲述法国高大的佩尔什马、荒野的美洲狮，还有马普切印第安人。

"马普切人的现状怎样？"那位客商问道。

"我们现在正尝试让他们搬离那个区域，"一位店主答道，"但很多马普切人都不听。这对我们这些想要开发那片土地，想在特木科建设一个很好的社区的人来说，是很艰难的时期。"

舅舅奥兰多清了清喉咙："马普切人已经在那片区域生活了几百年，为什么要让他们离开自己的家园呢？"他的肚子里似有一股怒火，他的眼睛里有一份坚定。

内夫塔利很羡慕自己的舅舅，因为他可以毫无障碍地大声表达出自己认定的对与错。内夫塔利是否有朝一日可以自信地去表达自己呢？

"他们的存在是不受欢迎的，"那位店主说道，"他们不想适应小镇居民的生活方式。马普切人连字都不认识，逼得店主们不得不在鞋店门口放一块巨大的鞋型指示牌来做招牌，五金店的门口也不得不放上一块巨大的锤子指示牌来做招牌……锁匠店门口就得放上一个巨大的钥匙。这些都太荒唐了。然而，做这些就只为了让他们知道每一栋房屋是用来做什么的？"

这些都是真实发生的，内夫塔利心想。他曾经见过那些很夸张的招牌。那只巨大的鞋是他最喜欢的。

"可那又有什么错呢？"舅舅奥兰多问道，"为什么我们不去学习一些他们的语言？我们来到了他们的土地上，为什么反倒要求他们和我们想的一样？他们为什么要放弃祖祖辈辈所知道的一切？"

内夫塔利细想着舅舅奥兰多的话。他简直无法想象，从自己家里被驱赶出去，没有书和收藏品的陪伴，更别提离开学校和考廷河了。他的眼睛跟随着对话从一个人转移到另一个人身上。伴随着每一次回答，他们的声音都愈发尖锐。

"这是更好的发展，"那位店主说，"对我来说，这只是生意，除此之外再没有别的了。"

"除了贪婪，就再没别的了，"舅舅奥兰多回复道，"你的想法就是一摊烂泥！"

"等一下，"那位店主仔细打量着舅舅奥兰多说，"我知道你是谁。《晨报》就是你的报社出版的，就是那份发表所有偏袒马普切人文章的报纸。"

舅舅奥兰多站了起来。

内夫塔利惊恐地睁大双眼。那位店主的块头看起来要比舅舅奥兰多大得多。

"先生们！这只是一次家庭晚餐！"父亲说道，"我们可以再找一个更适宜的时间来探讨马普切人的问题。"

舅舅奥兰多落座后，交叠着双臂放在胸前。

那位店主用餐叉刺向自己的牛排，一口吞掉。他异常用力地咀嚼着，他的眼睛也锐利地从一个人扫向另一个人。

没有一个人说话。

母亲起身离开餐桌。她的椅子擦刮到地板的声响，打破了这让人倍感压抑的安静。

父亲指着他的一个手下说道："给孩子们讲讲你昨天发现的那只甲壳虫吧。"

内夫塔利坐得稍微直了一些，竖起耳朵听着。

"我是在一棵番樱桃树上发现它的。它看起来像一颗活着的宝石，身上有无数种不可思议的颜色——粉色、绿色、紫色和银色。当我试着抓住它时，它嗖的一下就没影了。这会儿它在那儿，下一秒就……噗！"他朝内夫塔利点着头，"年轻人，你去过森林吗？"

所有人都把目光投向了内夫塔利。他知道当一个大人同他讲话时，他必须回答。但是，他的皮肤仿佛在缩紧，血液都涌向了他的脸颊。

"没—没—没—没—没—没……"这个词怎么就说不出来呢，他又尝试了一次，"没—没—没—没—没……"

父亲在椅子上挪了挪，他的脸红了，"不要去关注他了。他就是个心不在焉的小家伙，总是花很多时间想一些不切实际的东西，而且从来都不会说这些。很难预料他将来会是什么样子。"

内夫塔利沮丧地垂下目光。他在呼吸吗？他自己也说不上来。

"有一些不实际的遐想是无伤大雅的，"舅舅奥兰多说道，"也许是因为他需要做一些户外运动，以及来一趟震撼的森林旅行。在森林里,他可以全身心地去关注真实的世界——美丽的风景和生活在那里的人。对了,要在开发商改变那里之前去。"说着,他瞥了一眼内夫塔利,"外甥,你喜欢这样的安排,不是吗?"

内夫塔利轻轻抬起自己的双眼,点了点头。

父亲咕哝着说道:"也许明年吧,等他不这么虚弱的时候。"他又转向母亲说:"我们喝点咖啡吧,孩子们,你们可以离开了。"

内夫塔利从椅子上滑下来,径直跑向自己的房间,心里感激着终于解脱了。在他的房间里,那群大人含混不清的讲话声都只是背景音,他在自己的收藏品前停下脚步。他将一堆石子、木棍和网巢一一摆放整齐,用手触摸着每一个物件,就像在点名一样。父亲说的那个词在脑海中回响起来了。

心不在焉。心不在焉。

这没有道理。当他的脑袋里塞满了想法的时候,他怎么可能是心不在焉的呢？

他拉开了抽屉，展开他存在这里的每一张折起来的纸片。然后，他开始读这些词语，用嘴唇做出口型，不出任何声响地默读着每一个词语。在把这些纸条都放回去之前，他又添上了一个新词：番樱桃。

晚些时候，内夫塔利躺在床上，尝试着去想象那只在番樱桃树上的甲壳虫，那只看起来像一颗活宝石，还在眨眼之间就消失不见了的甲壳虫。

父亲的话还是萦绕在他的心头。

内夫塔利希望时间可以像那只彩色甲壳虫一样噗的一下飞快消逝，最好他也能像那只甲壳虫一样飞快成长，这样他就可以知道，自己将会变成什么模样。

一分钟是什么颜色的呢?

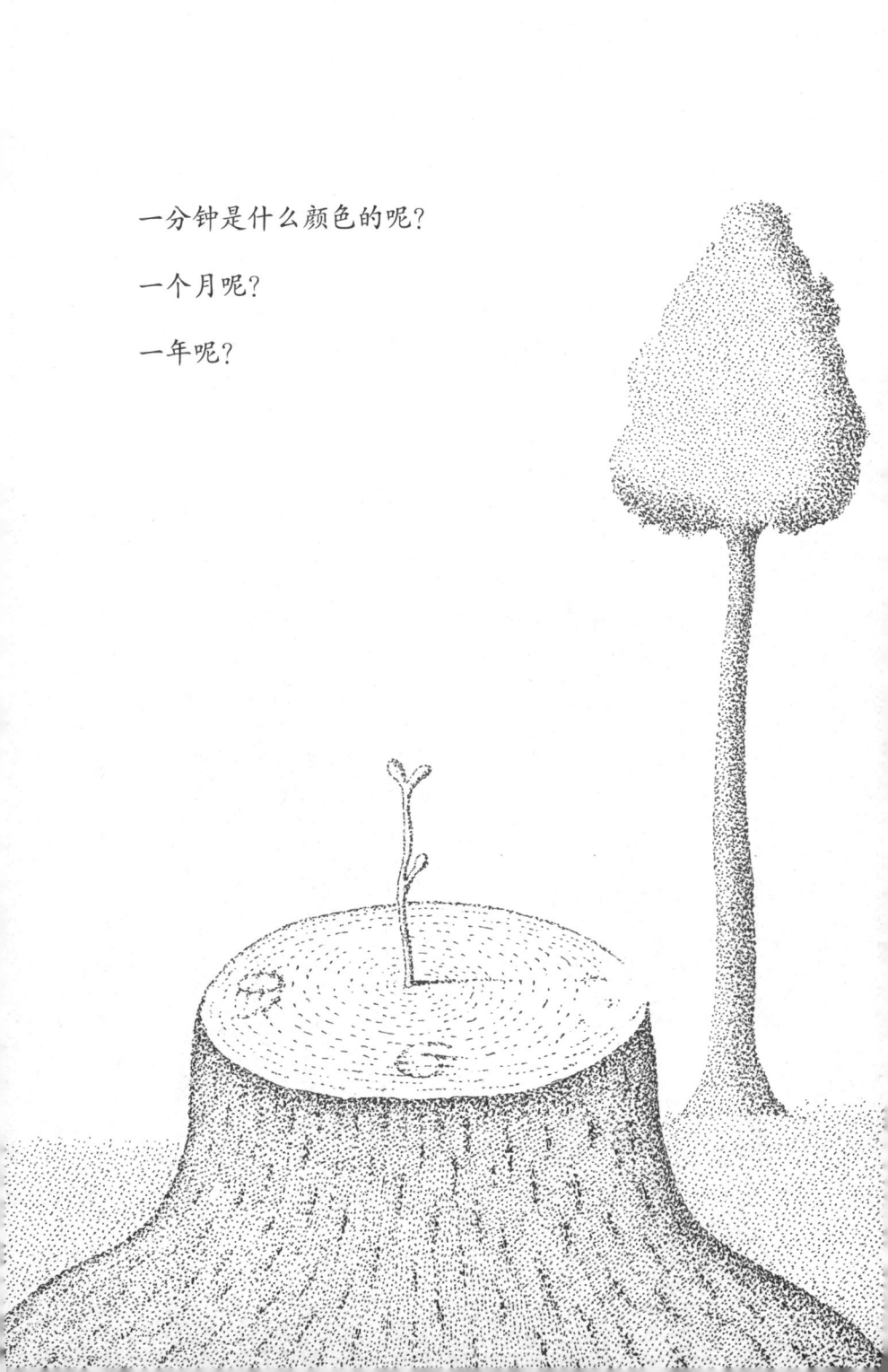

一个月呢?

一年呢?

我是诗,

潜藏在布满斑点的光影里。

我是困惑,

是奇形怪状的树枝的困惑。

我是对称,

是昆虫的对称,

是叶子的对称,

也是一只小鸟伸展开的翅膀的对称。

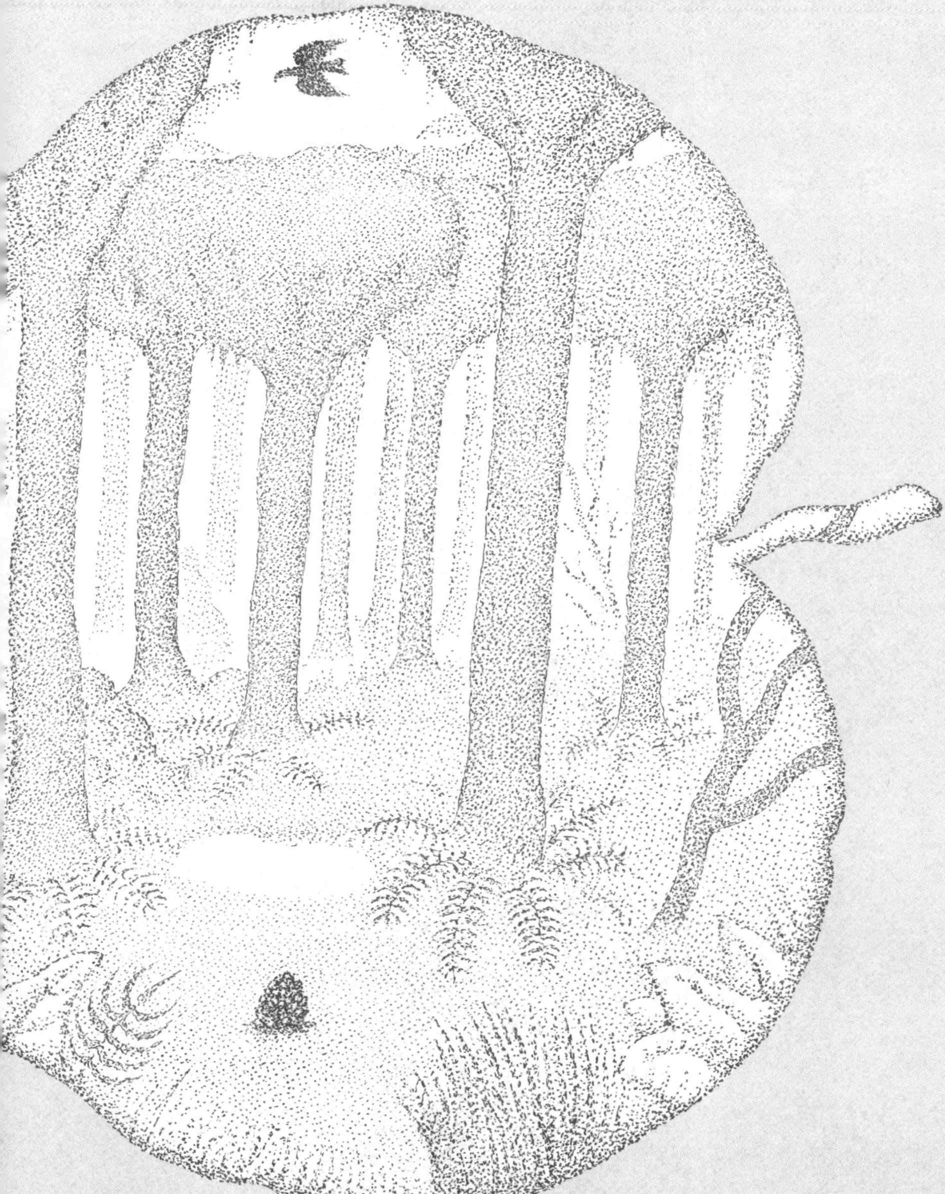

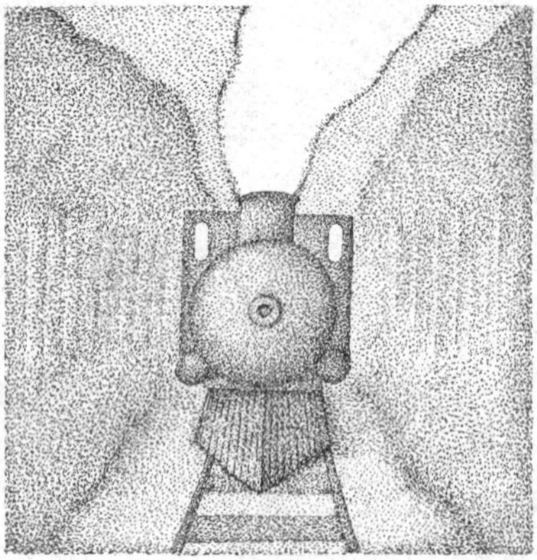

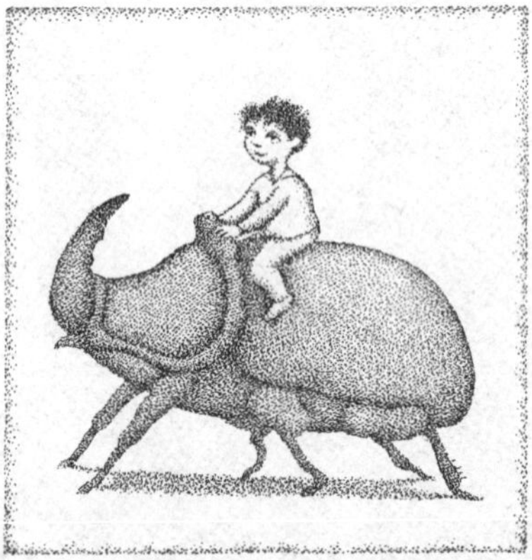

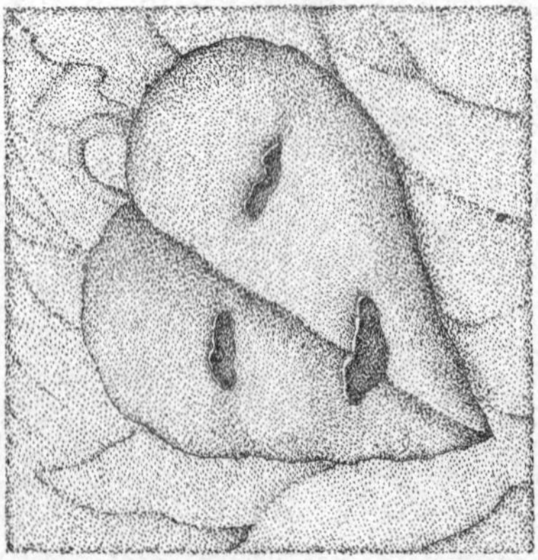

FOREST
四　森林

"那些是野草,内夫塔利,"鲁道夫说,"不是花。好了,快过来。今天如果你再让我上学迟到的话,我就告诉父亲。而且,今天我可不想跑着去学校。"

内夫塔利止住了手,不再去摘那些让春天的空气里弥漫着辛辣味道的细碎花朵。他把已经摘下的小花塞进自己的口袋里,匆忙跑向鲁道夫。

"所以,今天你打算听我的话了吗?"鲁道夫双手叉着腰,很是诧异地盯着内夫塔利。

"我不想招惹任何麻—麻烦。只剩三天,父亲就要带我坐火车去森林里了。我已经够大了。我八岁了。并且，我也很强壮。"说完，内夫塔利抬起了一只胳膊，想要用力凸显出一块肌肉。

"对你来说是件好事。可我不在乎是否会回去。"鲁道夫边说边拉紧了身上的外套。

"那是因为你总有机—机会和父亲一起去那里。上个星期，你在那里看到了什么？"内夫塔利问道。

鲁道夫没有回答。他只是握住内夫塔利的手，直视前方，拽着他往学校的方向走去。

"鸟？你看一看到鸟了吗？"内夫塔利不依不饶地问。

鲁道夫叹了口气，"是的，我看到鸟了。我甚至还看到了害羞的窜鸟，并且窜鸟先生还给了我一记警告。"

内夫塔利拽着鲁道夫的手，不让他走。"你怎么知道那是窜鸟呢？"

"很简单。它的叫声就和它的名字一样——啾—咔呜。它是一种很小的鸟,颈部和铜是同样的颜色。但是,它的外形太有欺骗性了,它的声音可是震天响。"

"你听到的声音是从你右边传来的还是从左边传来的?"内夫塔利问道。

"左边。"鲁道夫答道。

"那你倒霉了吗?"

"一点点吧。"鲁道夫用自己的靴子在地面上蹭了蹭。

"但如果你听见它的叫声是从你左边传来的,你为什么不直接转过身呢?"内夫塔利马上转向了另一侧,"这样一来,窜鸟不就在你右边了吗?你就会走好运了啊。"

鲁道夫翻了个白眼,"只有一种对策可以消除霉运,那就是脱下一件随身衣物,比如一顶帽子、一只鞋、一件衬衫,然后再马上穿戴回去。如果能及时这样做,你就可以摆脱霉运了。当时,我摘下了帽子。"

"你摘下帽子的速度够快吗?真的帮你摆脱掉了霉运吗?"

"大部分霉运都摆脱掉了……"鲁道夫皱起了眉头,好像一朵乌云飘到了头顶。他拉起内夫塔利的手,又拖着他继续朝学校走去。

"怎么啦?你被一只大黄蜂叮到了吗?"内夫塔利问。

"这不重要。"鲁道夫说。

"那你在森林里还见到了什么呀?"内夫塔利追问道。

鲁道夫没有理会他。

"你肯定是见到了什么……鹰?你见一见过鹰吗?还有父亲?他什么样?告诉我吧,求求你了……"

"别再求我了!"鲁道夫打断道,"还有,你不要再问我了,不然我就告诉父亲,是因为你,我才上学迟到的。等到那个时候，你就可以和你来之不易的森林之旅说再见了。"

鲁道夫到底是怎么了？他是在嫉妒轮到内夫塔利去森林了吗？又或者他只是丝毫不感激？

当他们走到学校操场时，鲁道夫松开了手。"去你的教室吧。如果你觉得能在森林里找到你所谓的那个和蔼的父亲，你大概会失望。所以，不要抱太大期望。"说完，鲁道夫低垂着头，把手揣在口袋里，转身离开了。

目送他离开时，内夫塔利发现鲁道夫一瘸一拐地走着。

~ ~ ~

三天过后，内夫塔利在日出前朦胧的晨光中睁开了双眼。在这个时候起床，还显得太早。他盯着天花板，想象着所有可以在森林里收集到并带回家的东西。

接着，天花板上的裂缝打开了，天空嵌进了天花板。

内夫塔利察觉到他虽然躺在自己的床上，却置身在一棵有着粗大树干的参天大树下面。他起身下床，穿上了靴子，绕着树走了起来，他想数一数到底多少步才能绕完一圈。"43，44，45……"他的床是他计步的起点，可无论走多少步，他都没能得知树干的周长并绕回到自己的床。最后，内夫塔利决定爬上这棵无比巨大的树，期待能在树上找到一种方法，来取代绕着大树走的办法。当他听到父亲的声音时，他还在高高的树枝上。

"内夫塔利，你一整晚都穿着靴子吗？"

内夫塔利从树上摔下来，落到了自己的床上。

父亲在内夫塔利身边徘徊着，他穿着一件内夫塔利从未见过的深灰色斗篷。

内夫塔利坐起来，盯着他脚上穿着的那双靴子。"我想一想做好准备。"他跳到地板上，满载期盼的心咚咚地跳着。

"慢慢来，"父亲悄声笑着说，"你有大把的时间。穿戴好衣衫，吃完早饭，再穿上些保暖的衣服。清晨的空气会让你着凉的。"

内夫塔利指着父亲说道："斗—斗篷？"

"噢，是的。这是新的，是公司给我的，因为我做的贡献。这是最好的羊毛。等你收拾好了，就到月台和我会合。"父亲转身离开了房间，那件斗篷在他身后扬了起来。

~ ~ ~

内夫塔利来到厨房时，鲁道夫已经坐在餐桌前了，他正在吃麸皮面包。

母亲点点头示意内夫塔利坐到一处去，那里还有一个面包圈在等着被蘸上果酱吃掉。

睡眼惺忪的劳丽塔游荡着走进厨房，手上还拽着一个碎布做的娃娃。母亲接她过来，揽到怀里，然后把她抱到一把椅子上。接着，母亲递给内夫塔利一个袋子。"这是为晚些时候准备的面包、水果还有奶酪。火车上的行程是很漫长的一天，你肯定会饿的。"

"我希望我也能坐火车。"劳丽塔说。

"你还太小，"内夫塔利说，"你必须和我一样大才行。对吗，鲁道夫？"

鲁道夫一言不发，自顾自地看着自己的早餐。

直到劳丽塔把果酱滴到了自己的腿上，母亲领着她离开厨房去换衣服时，鲁道夫才放下了餐叉，向前探了探身子。"内夫塔利，看着我，仔细听我说。当你和父亲在一起时，你必须服从他的命令，不要碍着工人的事。有一次我这么干了，然后一整个上午，父亲都罚我坐在火车里。还有，不要和工人们说话，除非他们先开口同你说话。否则，父亲就会认为是你耽误了他们的工作。还有一件事……这件事非常重要。"鲁道夫越过桌子，把他的手放在内夫塔利的肩膀上，"你在听吗？"

内夫塔利点点头。

"当他吹口哨的时候，你要立刻回到火车上去，这样他就用不着再出来找你了。我就是在这地方犯了错。上个星期……到出发时间了，他还不得不到处找我。而等他找到我的时候，我也没有听从他的话。他……他……"鲁道夫畏畏缩缩的，"我……我身上到现在还有很多淤青。你明白吗？你是不会希望父亲逮到你做任何……错事的。"

内夫塔利的心沉到了胃里。"你那时是在做—做—做什么啊？"

过了一会儿，鲁道夫的视线游移开来。然后，他松开内夫塔利的手臂，把他从餐桌旁推开。鲁道夫站起身来，踉跄地朝门口走了几步，转过身，然后说道："当时我在唱歌。"

在一层蒸汽的笼罩下，内夫塔利坐着发出嚓嚓声的火车行进到雨林深处。他一边仔细地琢磨着鲁道夫的忠告，一边向窗外张望。表面上，他完全听从父亲的一切指示：他穿着羊毛衫，挨着父亲坐在前排，没有坐立不安或是爬到长椅上，没有和任何工人说过话或把其他人的注意力吸引到自己身上。可他内心早就兴奋得手舞足蹈了。他的胃微微颤动着，他甚至一直在偷偷地掐自己，以便确定这一切都不是梦。

几个小时后，火车停下了。体格健壮的工人们都从火车上攀爬下来。内夫塔利紧跟着父亲，踏入了这个满是针叶林的世界。

内夫塔利所有的感官都恍惚了，他感到头晕目眩。他简直没有办法以足够快的速度转动脑袋去吸收这一切：细如针尖的光线正穿透树冠，原生态植物和树木繁茂生长，一株株硕大的蘑菇散发出发霉的味道，松木清新芬芳，鹦鹉发出突如其来的啼叫，一掠而过。

父亲正站在他的身边，吹响哨子，向工人们发号施令，让他们去挖掘粗砂砾和碎石。

"看到了吧？"父亲说道，"工人们会把石头都铲到砖斗里，那些托架交叉着固定在竿子上。然后，两个人各站一头把它抬起来，接着把石头都倒进漏斗车里。第二天，漏斗车就会被拖到铁轨上，碎石会被用作道砟，铺在被水冲毁的铁路上固定路基。"

听得入迷的内夫塔利点点头，他注视着工人们，看着他们抬起砖斗向漏斗车走去，看着他们身上闪着光的滴滴汗珠。

"在这附近待着。到了该吃午饭的时候，我会示意你的。"说完，父亲就匆匆地赶往工人那边。

内夫塔利很感激能够独自一人去探索。他毕恭毕敬地缓步踏入森林，不过没有走出很远。虽然这里离火车只有一小段距离，可对内夫塔利来说，这里是理想之地。

内夫塔利每走几步就会停下来，研究眼前的每个新奇事物：以各种形态凸起的高大蕨类、一双双荧光的昆虫翅膀、鸟儿的各色羽毛，还有从穹顶般的树荫上掉落下来的荚果。他收集了满满一口袋的细树枝和滑溜的山鹑蛋。他把枯枝翻转过来，去探看是否有蜘蛛藏身的洞隙。

整个早上，内夫塔利都在四处游荡，呼吸着不同的气味——潮湿的叶子、野生的药草，还有肉桂。他用一根木棍在潮湿的泥土上清出了一块细长的地方，好在上面写字。他不紧不慢地对着树木喃喃絮语，享受着这些词在他舌尖上的律动。

窜鸟

假山毛榉

藤蔓

卢玛番樱桃

草地

喇叭藤

马普切人

狮子

内夫塔利四下张望，想知道是否有人在附近。如果父亲听见或者看见了他，会不会认为他心不在焉？会不会认为他在做什么错事？

他胡乱涂抹着地上的字，把字都弄得看不清了，接着他又把落叶踢回去，盖住写字的地方。

他听到一阵窸窸窣窣的声响从腐烂的原木里传来，他弯下身，想要窥探一下里面。一只偌大的长角甲虫正在叶子下面急匆匆地蹿行。起先，这把内夫塔利吓得退后了好几步，但他又马上弯下腰，去看甲虫嘶嘶地叫。他从来没有见过长得这么大又这么有攻击性的甲虫。

"它是个怪物,对吗?"

内夫塔利被这突如其来的声音吓到了。他一抬头就看见赫然站在身后的父亲。难道父亲已经吹过哨子,而他没有听到吗?不过,父亲看起来并没有生气。

"它是一只双叉犀金龟,"父亲说道,"它很强壮,甚至能搬动是它体重八百倍的圆木桩。看到它的角了吗?那是它用来打架的。它可是佼佼者。"他轻拍着内夫塔利的后背,"马上就要到午饭时间了。一会儿回到火车这边来吧。"

内夫塔利点点头,看着父亲走远。披着深色斗篷的父亲趾高气扬,他身上的那种自信,就像是这座森林的拥有者一般。

内夫塔利又回来观察甲虫。这么小的生命是怎么克服困难并承载那么重的负担的呢?它到底拥有什么样的魔法呢?

就在内夫塔利惊叹这只甲虫的神奇时,甲虫的硬壳开始扭曲变形,它膨胀凸起,变得越来越大。它的脚延伸变长,直到和小马驹一般大。

内夫塔利入迷地看着。

两只圆阔的、炯炯有神的眼睛也看着内夫塔利。

双叉犀金龟凑近了一些。当它离内夫塔利只有几厘米时,它合拢起前腿,把自己丑陋的头低下来,好像它听从内夫塔利的话一样。接着,它发出了轻微的吱吱声。

奇怪的是,内夫塔利毫不害怕,他爬上甲虫坚硬的后背,骑着它穿行在森林中,驾驭着它那一切奇异的力量。

这副漆黑耀眼的盔甲显示出虚张声势的强大,

在这之下到底隐藏着什么？

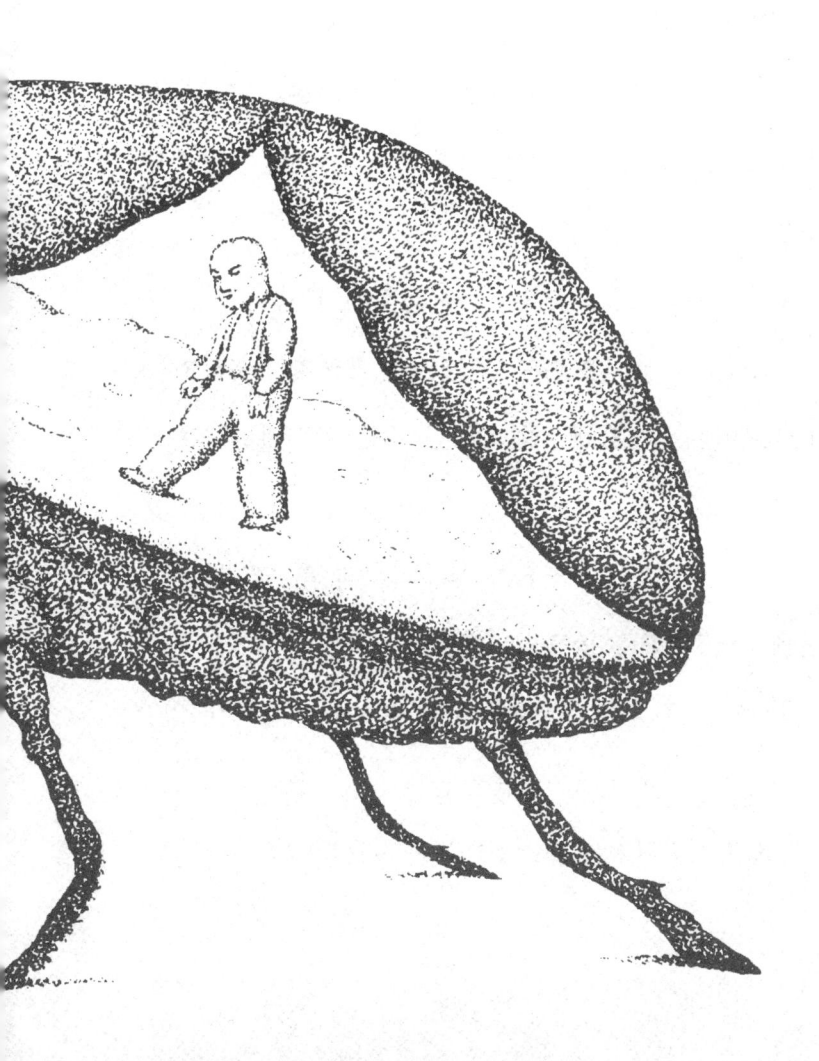

午饭时,内夫塔利坐在父亲旁边,听着工人们悠闲地开着没有恶意的小玩笑。

父亲甚至也加入了他们,直到他突然停下,指着附近的一棵树说:"嘘。"

内夫塔利转过身去,看到了另外一只甲虫,它看起来像闪闪发光的彩虹。他倒吸一口气,这不就是一颗活宝石嘛!

每个人都惊呆了,安静地、一动不动地坐着。

就在这时,一只鹦鹉在大家头顶猛然俯冲下来,惊扰到了这只甲虫。转瞬间,这只甲虫如同一闪而过的一抹颜色,消失无踪了。

父亲用手肘轻碰了一下内夫塔利。"你第一天来森林,就遇到了这等好事,运气真是好!"

其中一个工人朝内夫塔利丢过来一个番茄,"所以,你觉得在铁路上的生活怎么样?"

还没等内夫塔利回答,父亲就把一只手臂搭在他的肩上,"他肯定是喜欢的,毕竟他是铁道工人的儿子嘛。"

内夫塔利不好意思地低下头,瞅着地面,咧开嘴开心地笑了。所以,这是父亲的另一面。

"他将来也会成为工头吗?"另一个工人问道。

"肯定不会,"父亲答道,"他有更大的目标。他会是一名医生或者牙医。"

内夫塔利仰头望着父亲。一名医生或者牙医?连内夫塔利都不知道自己将来想做什么,父亲又是怎么知道的呢?

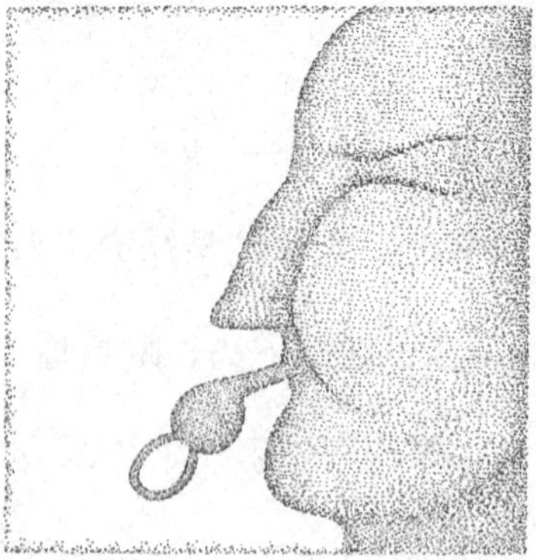

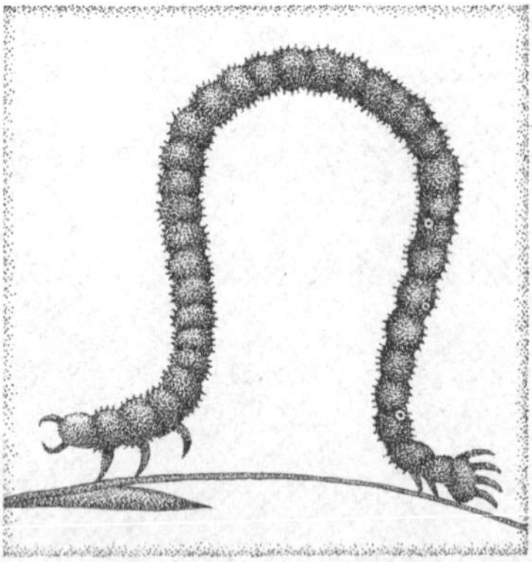

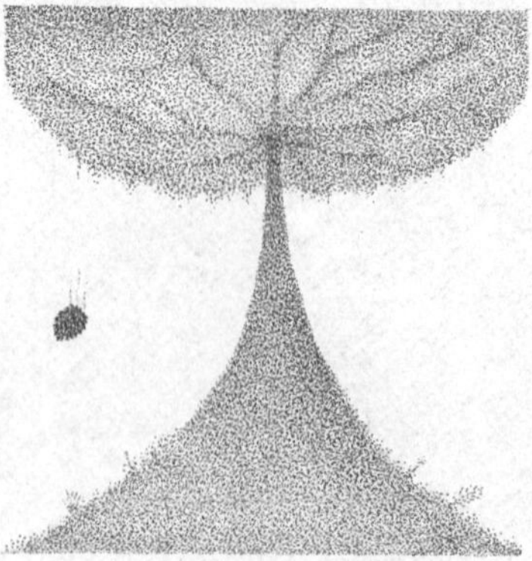

TREE
五　树木

整个下午，内夫塔利都在探索这座蔽日的森林，他离火车越来越远，直到来到一小处空旷的地方，那里有一棵高大的松树。内夫塔利望向松树高耸的顶端，不由得想，这棵松树高处的树枝都看到了什么。它会把森林的所有秘密都藏在自己那幽暗的僻静之处吗？它会不会也知道，内夫塔利将来会是什么样子呢？

内夫塔利在树下四处搜寻，找到了一些散落的松塔，松塔闭合的鳞片就像握紧的拳头一般。最后，他找到了一颗已经张开的松塔，这颗松塔又大又圆，外面点缀着大小不一、像珍珠一样的树液。内夫塔利小心翼翼地将它放在自己的掌心旋转着。层层叠落的鳞片看起来就像一个有着色彩斑斓的翅膀的旋转木马。他又将松塔翻转过来，这回它倒像是一大摞袖珍雨伞。他用双手捧起这颗松塔，凝视着它的美丽。

接着，为了表达心中的谢意，内夫塔利抬头注视着这棵赠予他如此珍宝的苍松，轻轻地说道："谢谢你。"

在苍松的树枝上，有什么东西在动。

内夫塔利仔细地扫视着每一根树干。可是除了被和风拂过的松针在缓缓地摇动，别无其他。但当他站定不动，他马上又看到了动静。

一只鹰落在内夫塔利头顶高高的树干上，低头瞧着他。

内夫塔利害怕得不敢动，怕惊扰到它。他看着这只鹰掉转了头，好似在品评这座森林，然后它用喙整理了一下胸前，接着抖动开羽毛。随后，带着舞者般的优雅，它扬起了翅膀。只见白色的鹰尾掠过，它就跃上了天空。

内夫塔利一直盯着它看，直到再也看不见为止。他环顾四周，叹了一口气。他渴望和别人说说那只鹰和那颗松塔。他渴望和一个朋友分享他所看到的一切，那是一个可以让他在兴奋时紧握住他双手的朋友，是一个自己在对他说话时不会结巴的朋友。内夫塔利全心全意地期许着拥有这样一个朋友。

他甚至想过，也许他可以和父亲分享这一切。

他愿意等到他们一同乘火车回家的那一刻。等到那时，父亲肯定忙完了所有的工作，而且只有他们两个人，肩并肩坐在火车上。那时，内夫塔利就会有大把的时间跟父亲讲那只鹰，并给父亲看那颗松塔。

从这一小片空地走出森林的一路上，内夫塔利的脸上都挂着微笑，直到他听到一个叫声。

啾—啾—啾—啾—咔呜。

啾—啾—啾—啾—咔呜。

啾－啾－咔呜。

啾 — 咔呜。

啾－啾－啾－咔呜。

是窜鸟!这声啼鸣是从哪个方向传来的呢?如果是从内夫塔利的右边传来,就表示好运气和幸福快乐。如果是从他的左边传来,则表示霉运和失望灰心。并且,窜鸟从不撒谎。

内夫塔利来回转动身体。但现在他很混乱,无法辨别声音来自哪里。以防万一,他迅速地安放好松塔,立即脱下毛衫,然后再穿上。他又拿起了松塔,侧耳倾听着。

啾—啾—啾—啾—咔呜。

他又听到了啼叫。这一次,他确定,就这声音就来自他的右边!是好运气。也许这真的能够为他今天所期盼的事带来好运：一个亲密的朋友，还有父亲的喜爱。内夫塔利咧嘴笑了起来。他一转身，就瞥见一只窜鸟从一段掉下来的原木上轻快地飞到一根低矮的树枝上去，然后又飞落在森林地面的末煤上。它又啼叫了一声。鲁道夫说对了。虽然它小小的，但它发出的声音比内夫塔利在森林里听到的任何声音都要响亮，除了现在父亲那正发出尖利信号的哨子。

内夫塔利径直朝火车走去，只为拾起一只毛茸茸的毛毛虫做了片刻的停留。晚些时候，他会拿给父亲看，请他来鉴定一下。

当内夫塔利到了火车头时，父亲和其他工人们正站在一起聊天。内夫塔利慢慢地走近他们，保持着满载宝物的身体的平衡。大家开始窃笑。

内夫塔利低头打量着自己。他前面的口袋满满当当的。小树棍从后面的裤兜支出来了，一同探出来的还有蔓延的树藤。夹在他头发里的细小羽毛和干枯树叶落到了地上。松塔安然地躺在内夫塔利的一只手里，他的另一只手则握着蠕动的毛毛虫。面对如此奇特的景象，大家笑得更大声了。

内夫塔利瞧见了父亲因为尴尬而泛红的双颊。他深吸了一口气，脑袋里塞满了自己引起了所有人的关注这个想法。他真的是着迷疯了吗？父亲会怎样应对这种难堪？

他机敏地把松塔和毛毛虫放在附近的一块石头上，然后把前面口袋里的东西掏空：鸟蛋、蜡色的树叶和狐狸尾巴尖。他又把后面口袋里的树棍和树藤都拉出来，丢在一旁。接着，他抬手把头发弄蓬松。灰尘和末煤像下雨似的，撒了他一身。

工人们放声大笑。

父亲绷紧了脸，僵硬得像块石头。"蠢事看够了吧，所有人都到火车上去，该出发了。"说完，他便转身，大步流星地离开了。

内夫塔利不能忍受把自己的松塔抛在身后。于是，他

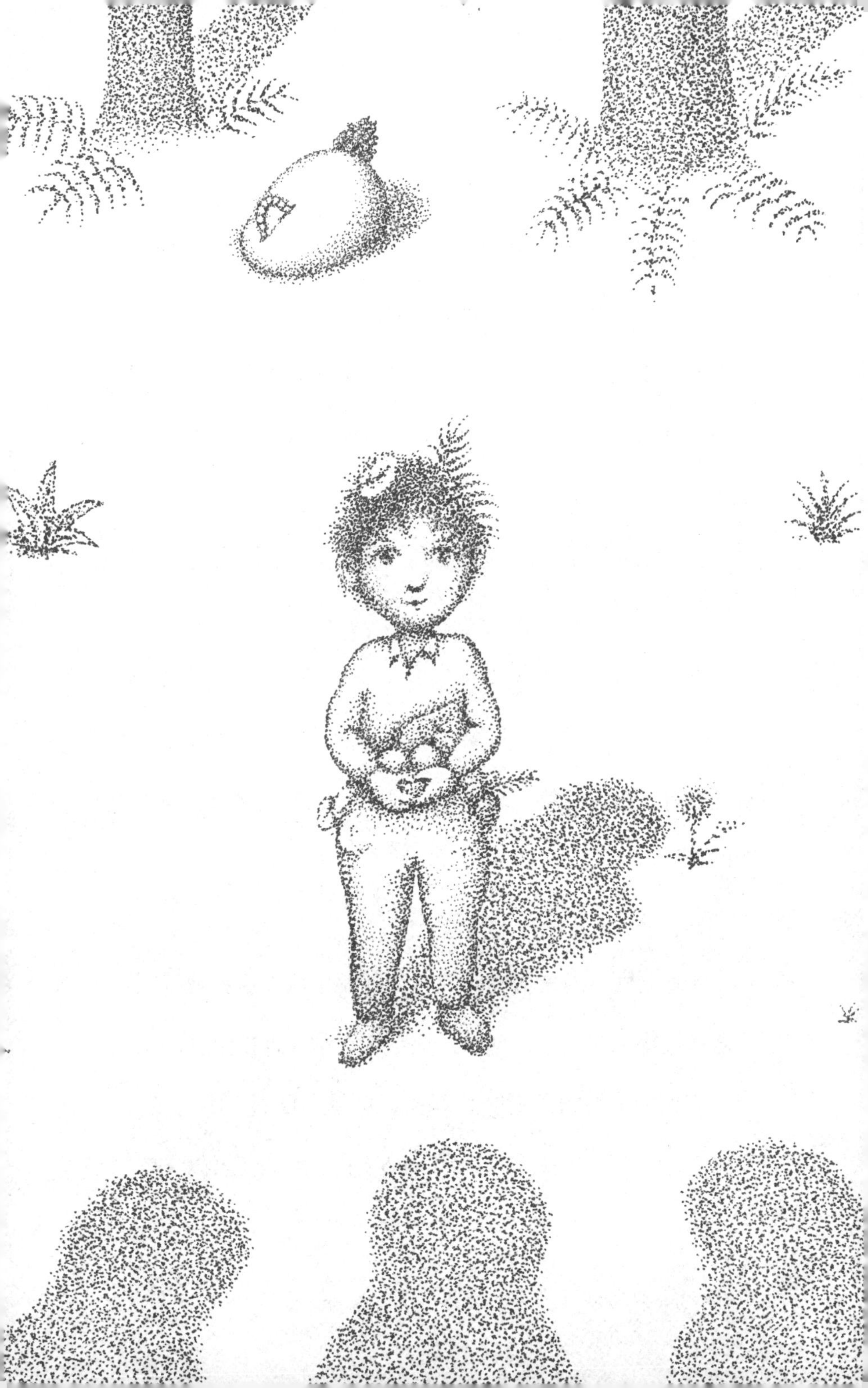

一把拿回松塔，把它掖在毛衫下面，爬上了火车。在他的座位上，内夫塔利尽可能地蜷缩在车窗旁。

一个工人在他身边站住，好像要对他说些什么。但还没等这个人开口，父亲就呵斥道："别理这小子，他就是个笨蛋！"

这个工人同情地朝内夫塔利点了点头，便顺着过道往里走了。

火车启动后，内夫塔利等着父亲过来和他坐在一起，可他一直都没有来。在回特木科小镇的一路上，内夫塔利望向窗外，搂着松塔，琢磨着，是不是有史以来窜鸟第一次说谎了。

~ ~ ~

到家之后，内夫塔利研究着究竟哪里可以摆放他寻回的这些宝物，直到他发现了一块荣耀之地。他把整齐的队列校直：羽毛、蛋、树叶、石头、鸟巢、豆荚、小树枝，现在还有他的松塔——守卫着其他所有的东西。每当内夫塔利触摸到一个物件，他就想象着一个动物在穿越自己标志性路线上会讲的故事：毛毛虫去有叶脉的叶子上时，蛇爬到树枝上时，以及狐狸找豆荚时。

漫长的一天让内夫塔利累坏了，他爬到自己的床上，闭上了眼睛。

这一晚，松塔和他一起遨游，去往离特木科小镇很远很远的地方。

苍鹰在向那些学习飞翔的人

低声传递着什么智慧呢?

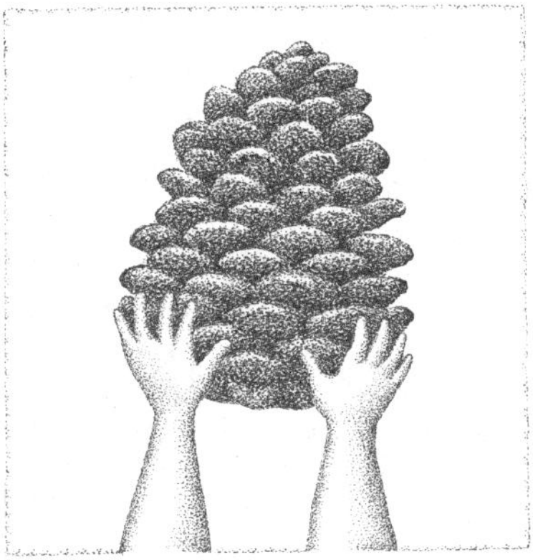

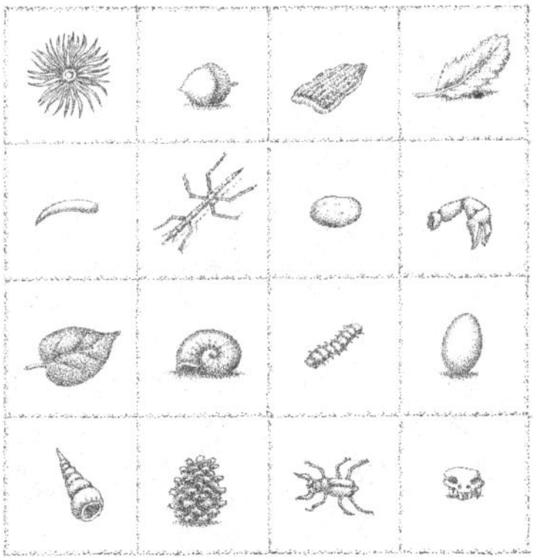

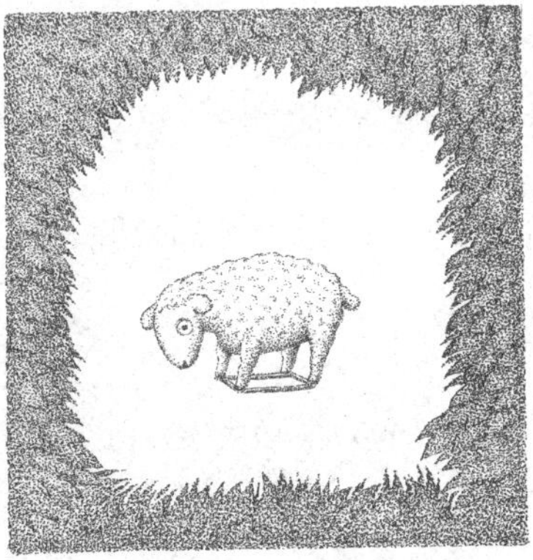

PINECONE
六　松塔

内夫塔利听到了父亲的靴子踏出的沉重脚步声。他放下书,等待着,希望自己不会被父亲召唤过去。靴子的踏步声穿透了整栋房子,并且和内夫塔利预想的一样,刺耳的哨声吹响了。内夫塔利闭上眼睛,反感得努着嘴皱着眉。为什么就不能让他一个人待着读些书呢?

自从在一个月前造访过森林之后,内夫塔利就一直在回避父亲。每个自由的时刻,他都会躲在房间里,将全部精力贯注在儒勒·凡尔纳[1]的书上。内夫塔利不情愿地放

---

[1] 儒勒·凡尔纳(1828—1905),19世纪法国小说家、剧作家及诗人,代表作有《海底两万里》《八十天环游世界》《神秘岛》《地心游记》等。

下了《地心游记》。他没有急忙赶过去,而是不疾不徐、慢悠悠地走了过去。他看到父亲正在大客厅里踱步。

"你需要做的是迅速下楼来,内夫塔利。你刚刚在做什么?"

"在看书,父亲。"

"你不过就是一根容易被掰折的细树枝,"父亲怒吼道,"沉迷在书里,丝毫不会让你身体变得强壮有力!关于这个,我们已经说过多少次了?你想一辈子都做一个心不在焉的糊涂虫吗?"

"不—不想,父亲。"

"你需要待在外面,不要浪费这大好的天气。去跑跑,和其他男孩一起玩玩。少摆弄你的那些消遣。去加入那些游戏,那会让你成为一个真正的男子汉。"

在父亲的注视下,内夫塔利往室外走去。他把双手都放在口袋里,朝着路那边正在踢足球的男孩们信步走过去。

劳丽塔的朋友巴莱里亚还有她的姐姐布兰卡就在前面,她们正朝内夫塔利走来。布兰卡经常护送巴莱里亚到劳丽塔家来玩。尽管内夫塔利从来没有向任何人承认过这一点,但他暗自觉得,布兰卡既友善又漂亮。现在看到布兰卡,虽然是从远处,他仍会脸红。

当两个女孩越走越近时,内夫塔利却盯着地面。

"你好,内夫塔利。"布兰卡说道。

有那么短短的一瞬,内夫塔利抬了一下头,又立即低下。他的心怦怦直跳。他想回答,可他的喉咙紧到几乎无法下咽。他用下巴抵着自己的胸口,继续向前走。走出许多步后,他回头张望,确信她们已经走远并消失在路的尽头,这才松了好大一口气。这到底是怎么了——他为什么不能回复一句"你好"呢?布兰卡会认为他是个傻瓜吗?她还会再和他讲话吗?

为了让自己平静下来,他仔细地察看最近这场暴风雨留下的遗迹。他徘徊在街道许许多多的水洼旁,看着那些如同浸了油的颜色——赭色和绿色，就像布兰卡头发和眼睛的颜色。他又察探到了条带般破损的树皮，它们从树上悬垂下来的样子就像布兰卡飘拂的裙摆。他还惊叹于新近在路边安顿下来的鹅卵石，它们的表面润滑得像是一汪奶油汤，如同布兰卡的皮肤。

内夫塔利?

有人在悄声呼唤他的名字吗？他驻足，回过头去。

附近，鲁道夫和吉列尔莫在来回传球，吉列尔莫是学校新来的一个男孩。虽然他只比内夫塔利大一岁，可他的身形却和年纪稍长的鲁道夫相仿。这个结实的运动员来到他们学校不过几个星期而已，就已经多次和同学起了冲突。内夫塔利像许多人那样，希望这个男孩和他的家人在特木科小镇待上几个月后便搬离这里。

内夫塔利?

又是这个声音。是鲁道夫在喊他吗？他是希望内夫塔利加入到他们的游戏中吗？内夫塔利跑向了他们。

"胫骨！胫骨！不让他玩！"看到他后，吉列尔莫嚷嚷道。他和鲁道夫只盯着相互传来传去的足球，好像内夫塔利是隐形人。

所以，那就不是鲁道夫在呼唤他的名字。可会是谁呢？

内夫塔利的眼睛从街道的一边搜寻到了另一边，但没有发现任何人注视着他。或许父亲是对的。或许他就是一个心不在焉的糊涂虫。他垂下头，看见了一根长木棍，它的长短用来拖拽东西再合适不过了，因此，内夫塔利拾起了这根木棍。他转身朝家走去。当走到自己的后院时，他在泥土上写下：

我在这里

内夫塔利绞尽脑汁地琢磨着家里这栋房子和他卧室的窗户，他经常站在这扇窗户前望围栏上的小洞。他随即转身，往院子的那个角落里走去。那个缺口在哪里啊？他拨开一株株黑莓灌木丛，直到发现了那处缺口，现在那里堆满了树叶和软泥。内夫塔利用树棍连戳带刮地把缺口处清理干净。然后，他蹲下来，透过这一方小洞口去窥视另一边。

另一边是隔壁，一簇簇低垂着花穗的野花相互依偎着。树木在绿叶的环绕下恣意生长，就连蓟花也像老友一般簇拥在一起。尽管像往常一样，这个观察孔显露的不过又是一座杂草丛生的院落而已。

一阵刺痛感涌进内夫塔利的脑海，这让他手臂上的汗毛都竖了起来。他感觉到了一种存在，他相信自己听到了微弱的吸气声。片刻后，他又去缺口处偷偷看向另一边。仍旧什么都没有。难道是他太希望有一个人在那里，所以自行想象出来了一个幽灵吗？

突然，一只属于孩子的手从缺口探出来，可又一闪而过。内夫塔利忽然闪躲退后，心脏扑通扑通地跳动着。那只手又出现了，从缺口处轻轻地推过来一只玩具绵羊。内夫塔利把它拿起来。绵羊身下曾经用来滑动的轮子已经不见了，羊毛也已经有些粗糙、泛黄了。可是内夫塔利并不在乎，因为另一边有一个人，这推翻了他所有的想法。是特木科小镇新搬来的人吗？又或者是街上的某个人？

要回赠件什么东西的想法牢牢占据了内夫塔利的心思。但他能送些什么呢？从围栏的小洞里递过去什么才能显得不同寻常呢？

他冲进家里，径直飞奔到自己的卧室里，又折回到外面。内夫塔利屏息凝神地把自己的礼物从小洞中递到那个陌生的世界。他听到了一阵赞美的惊异声，看到了一双手捧起了那颗松塔。

内夫塔利透过洞口，望向另一侧，可是看不到任何人。他只听到了蹬蹬后退的脚步声——一串笨重的、踩在木头台阶上的脚步声，还有带着兴奋的、尖利短促的关门声。

那也是个害羞的小孩吗？他或者她是在等待内夫塔利第一个打招呼吗？

内夫塔利紧握着绵羊跑到前院，把它藏在了一株向四面八方蔓延的灌木丛里。他盯着隔壁院落的一举一动，无人进入，也无人走出。他抚摸着绵羊，等待着。但隔壁院落仍旧毫无动静。

最终，内夫塔利越过栅栏，进入了隔壁的院子。他试探着踏出颤抖的第一步，又迈出一步，然后爬到了不平坦的木头阶梯上。他感到口干。他能够做到说话不结巴吗？他的双手冒着冷汗，衣服感觉好像缩小了似的。他犹豫了。万一这个小孩像吉列尔莫一样怎么办？内夫塔利安慰自己，如果一个人那么慷慨，就不可能把别人的痛苦当成快乐。他伸出手，敲了敲门。他刚触碰到门，门就嘎吱一声开了。

他向里面走了几步。

空荡荡的地上只有被丢弃的盒子、蜘蛛网，还有时不

在失望的暗土上，

会生长出什么呢？

时会踩上的动物粪便。内夫塔利在这栋废弃已久的房子里游荡时，他的脚步声在木质地板上回荡着，那声音沉闷又空洞。

送礼物给他的人，可能是这世界上的任何人。

换季的时候，绵羊已经成了内夫塔利忠实的陪伴者。在秋天，他把自己的头埋在绵羊的羊毛里护住自己，以免受到学校里那些男孩们的欺负——他们追赶他并用橡树果丢他。

在冬雨期间，内夫塔利大声地给绵羊朗读，然后他们一起去那些遥远的世界旅行。

在春天，当他本应学习数学的时候，绵羊会和他一起坐在考廷河畔的一棵野生苹果树下，幻想着，做着白日梦。

当盛夏让黄灯笼辣椒开出了花朵时，家人们就会为海边的旅行做准备，绵羊就会端坐在内夫塔利的物品上，等待着行囊被整理好。

多个星期以来，父亲说的全是"他的完美夏日计划"。

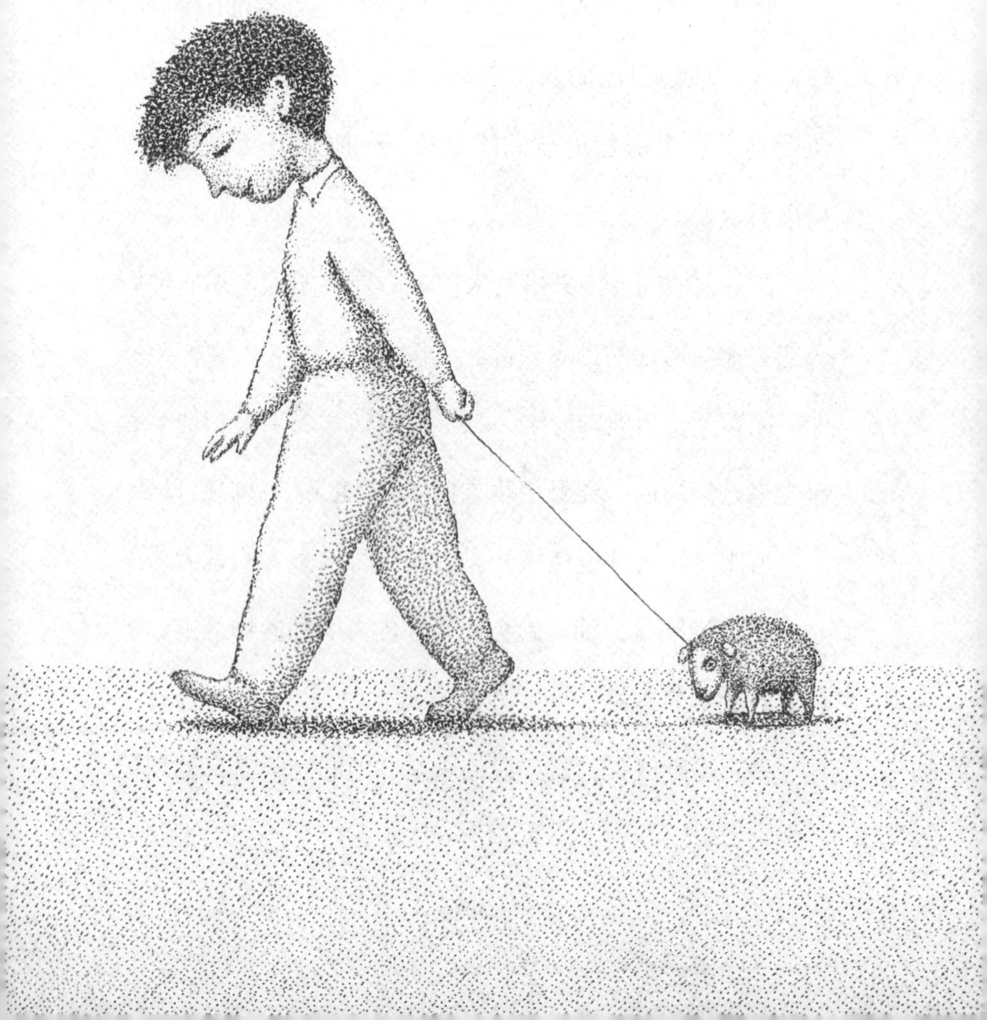

内夫塔利也很兴奋,但关于父亲异常热心的这种积极性撬开了他心中的一小块疑惑。

内夫塔利伸出手,将他的绵羊紧紧拉过来。他轻轻说道:"不要担心,朋友。我会保护你的。"

我是诗,

徘徊在蔚蓝之上,

引诱着我的猎物,

鱼儿、贝壳还有蓝天。

从眼下至深处,我遍寻着

那颗不设防的心。

看。

看向我。

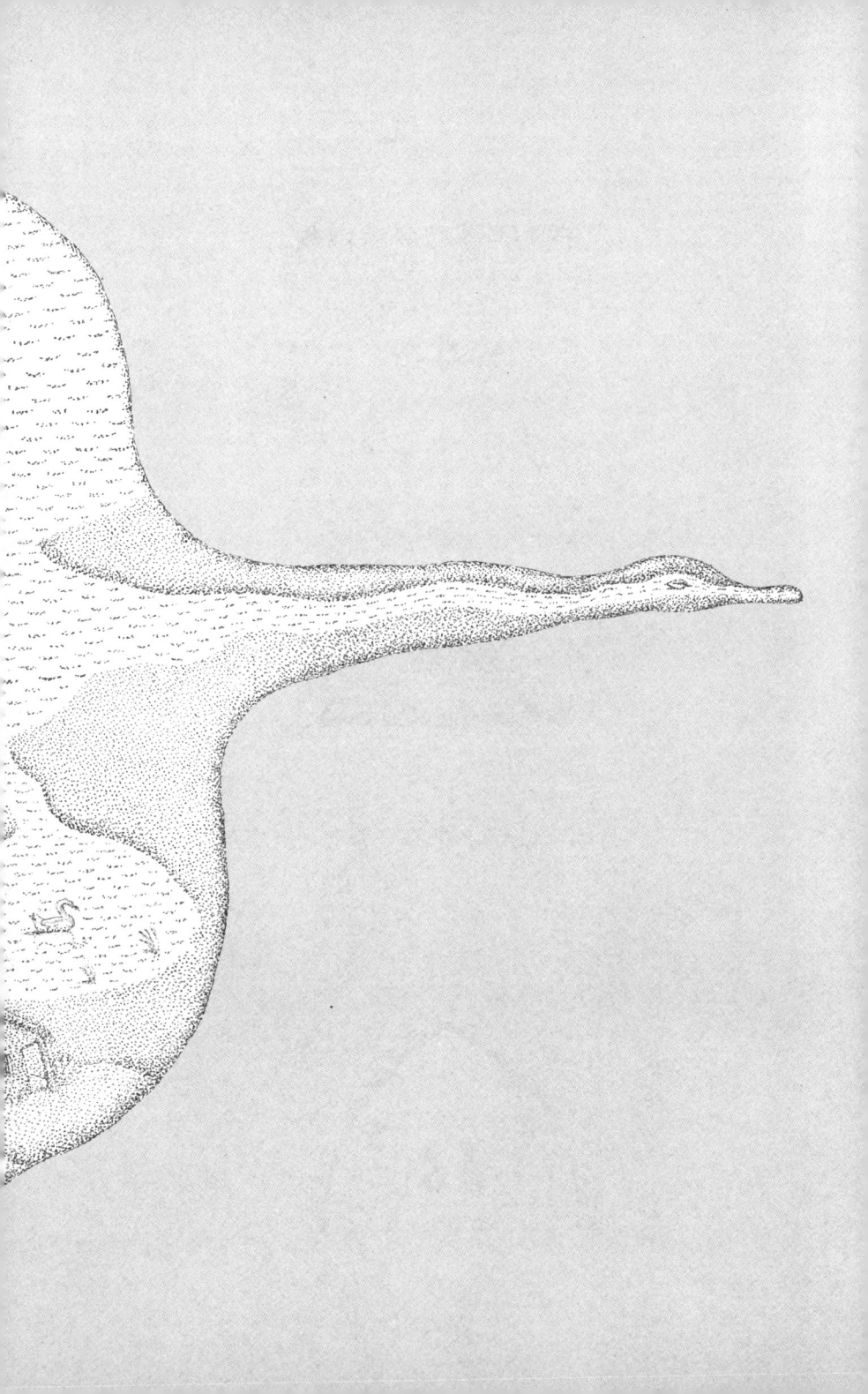

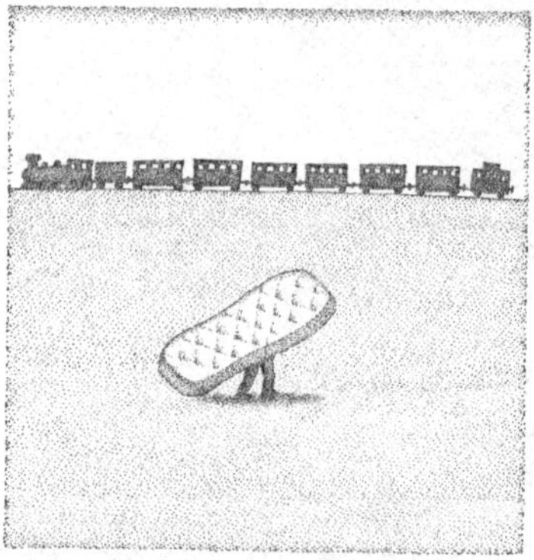

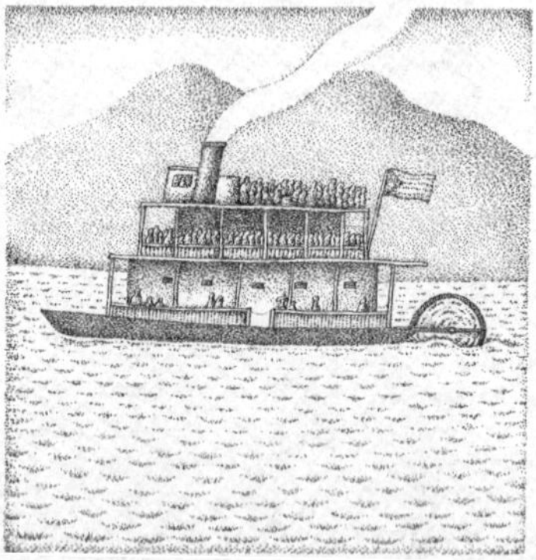

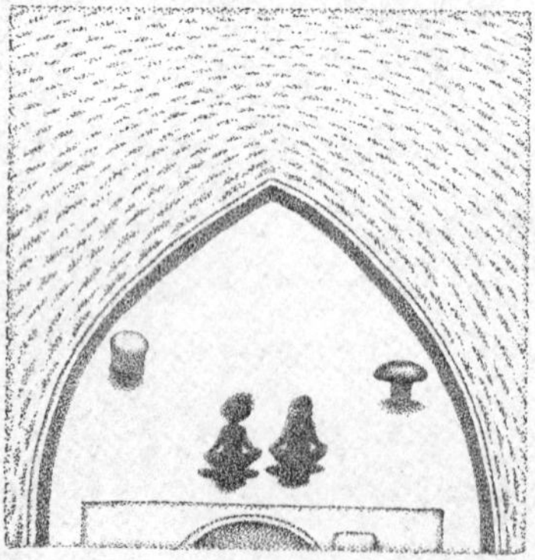

RIVER
七　江河

内夫塔利和劳丽塔在窗边看着抱着几个箱子的父亲朝火车月台走去。紧随其后的舅舅奥兰多和哥哥鲁道夫正抬着一张床垫。

"我们为什么必一必须带上床和盘子呢？"内夫塔利问母亲，她正在折毯子，并把它们一一叠好放在地板上。

"因为父亲的朋友提供给我们的用来消夏的凉亭里没有任何家具。所以，我们要随身带上一些自己的家当。"

"为什么我们非要在午夜出发呢？"劳丽塔问道。

"我们得在黎明前赶上渡江的轮船，那是很长的一段路,"母亲说,"首先,我们要乘火车去卡拉韦[1],到了之后,我们会把所有的行李都卸到一辆牛车上,由牛车载着我们去码头。在码头,我们会登上一艘机轮很大的轮船,它会带着我们从帝江[2]顺流而下到南太平洋,最后停靠在萨韦德拉[3]港口。"

"但我的那些收藏……还有我的书。"

"没人会碰它们的,内夫塔利。等我们回来后,你所有的宝贝都还会在这里。你可以带上几本书,万一哪天下雨了。不过,父亲想让你有更多的时间待在户外。"

内夫塔利点点头。"为了变一变得更强壮,像鲁道夫那样。我希望鲁道夫也能一起出游,五金店就不能给他放个假吗?"

母亲摇了摇头。"他在那里工作的时间还不够长,而且你父亲费了好大一番力气才帮他安排了这份工作。"

"可是,他从来没去过南太平洋啊。"

---
[1] 卡拉韦,智利中南部的城镇,始建于1882年。
[2] 帝江是智利阿劳卡尼亚大区内的一条河流。
[3] 萨韦德拉,智利中南部的城镇,始建于1895年。

"不是啊,他去过,"母亲说道,"只是你不记得了。有一年夏天,在你和劳丽塔还很小、不能出去旅行的时候,你父亲带他去过。"

"如果鲁道夫不能来,那就还有一个房—房间可以留给舅舅奥兰多。"内夫塔利争取道。

"现在奥兰多舅舅正在他的晨报社忙着呢。他的报纸赞助了一个展览会,这个展览会将在几周后举办,来售卖马普切人的手工艺品。我已经给过他钱,让他替我买一个篮子。不要担心,你和劳丽塔可以彼此作伴啊。而且……我也希望这个假期可以让你父亲好好休息一下。"

劳丽塔看到鲁道夫又把一个床垫搬到了月台上,便问道:"如果我们的床垫都在火车上,那今晚我们睡在哪里呀?"

母亲示意他们看地板上的毛毯,"我给你俩做了一张小床。等到出发的时候,我回来找你们。"

母亲将他俩在毯子上安置好,便离开了。劳丽塔悄声说道:"内夫塔利,我好害怕。"

"怕什么?"

"怕水。鲁道夫说,无论发生什么,我绝对不能往深水里走,不然大海就会一口把我吞下去,然后我就永远消失了。"

"不要担心。我们可以只是看看大海,不必弄湿自己。现在,快睡吧。"说完,内夫塔利伸出手,紧紧地拉住了妹妹的手。

~ ~ ~

午夜比内夫塔利预想中要来得快很多。当母亲叫醒他时,他打了个寒战,全然不知道自己在哪儿。内夫塔利和劳丽塔披着毛毯,跟跟跄跄地朝火车走去。现在,他们正和所有从家里带来的满满当当的行李挤在一起。上了火车以后,劳丽塔很快就又睡着了,可内夫塔利却兴奋得脑袋里满是期待和紧张。海洋会像他想象得那样浩瀚吗?海洋闻起来是怎样的味道呢?它会像泡澡水那样柔和吗?又或者鲁道夫说的才是对的？海洋会一大口把他吞下去吗？这让内夫塔利回想起，在森林里时是怎样的——当他以为父亲或许会有所不同时，父亲仍旧是老样子。那么，这次在海上会发生什么呢？这次度假和咸湿的空气会改变父亲吗？

火车穿过条条隧道，跨过座座桥梁，越过阿劳卡尼亚的每一寸风景。借着月光，内夫塔利望见了拉布兰萨[1]的一片片开阔平坦的原野，它们都被亚伊马火山[2]投下的阴影遮蔽着。博罗拉[3]小镇附近有一座西班牙堡垒的废墟，它的剪影被内夫塔利辨认出来，还有高处的大草原以及兰基勒科的峭壁断岩。

到达帝江后，一家人换乘到一艘桨轮船[4]上。在一张木质长椅上，内夫塔利和劳丽塔紧紧地依偎在一起，蜷缩在父母亲中间。除了缭绕在身边的迷蒙雾气，内夫塔利看

---

[1] 拉布兰萨位于考廷河的北岸，距特木科13公里。
[2] 亚伊马火山位于智利中部，距离特木科82公里，属于安第斯山脉的一部分，海拔3125米。
[3] 博罗拉是阿劳卡尼亚大区的一个城镇，位于智利考廷河岸。
[4] 桨轮船也叫车船，即是在船的舷侧或尾部装上带有桨叶的桨轮，使轮周上的桨叶拨水而推动船体前进。

不到其他什么东西。不过，时间过得很快，天渐渐破晓，云消雾散，只剩笼罩在头顶上的一缕薄雾，整个世界因此而显现出来。

一群马普切印第安人聚集在一起，坐在前甲板上，他们头上都绑着色彩鲜艳的围巾，身子一动不动地蜷缩在各自的羊毛斗篷[1]里。

舅舅奥兰多说过的话一直萦绕在内夫塔利的脑海里。马普切人世世代代已经在这里生活了数百年，凭什么要让他们搬离自己的故土和家园？

这群人是被逼着一再远离他们所熟知的一切吗？

内夫塔利站起身，想尽办法走到轮船的甲板上。他无法解释这到底是为什么，他就是被马普切人色彩丰富的斗篷和他们的静默所吸引了。一个马普切男孩，他的眼睛、皮肤，还有齐肩长的头发都是深蜜色的，他抬起头，朝内夫塔利点了一下头。内夫塔利也朝他点了一下头。内夫塔

---

[1] 马普切人的最著名技艺之一便是纺织。在20世纪之前，马普切纺织品和斗篷仍然是重要的贸易项目。

利在船头附近发现了一个地方,他也像其他一动不动的马普切人那样站定不动,望向远方。

不一会儿,那个马普切男孩就来到内夫塔利身边。"Mari-Mari[1]。"男孩点着头说道。

内夫塔利听不懂这几个词。这个男孩是不是在说,你好吗?内夫塔利摊开双手,掌心向上,耸了耸肩。男孩微笑着,也耸了耸肩。翻涌的江水裹挟着轮船不断向前行进,两个男孩转过身,一同眺望着远方。

马普切男孩用手慢慢地在渐渐泛白的天空中画着。

内夫塔利点点头。轮到他了,他将自己的手掌合十,然后再一英寸一英寸地张开,直到两只手臂都不能再伸展为止,这是他在模仿越来越宽阔的海平线。

马普切男孩点点头,又摸了摸自己的耳朵。他把手伸进自己的斗篷里,掏出一支口琴,吹起来。

内夫塔利能够感受到脚下江水的一呼一吸,仿佛江

---

[1] 马普切语"早安、早上好"的意思。

水的气息把时间调校成了悠缓又悲伤的基调。内夫塔利的心中盛满了江水所赋予的一切美好与平和。他感觉自己仿佛置身于某个美得不可方物的东西边缘。那个马普切男孩也感受到了吗？内夫塔利回头，微笑着看向那个男孩。

那个男孩把口琴从嘴边拿开，也微笑着回应内夫塔利，然后继续吹出自己的旋律。

叶轮拨水而行，将拨开的江水又导入江河里。细浪拍打着船身。迎着风浪的船身嘎吱作响，发出凄切的萧萧声。内夫塔利慢慢地靠近他的新朋友。

当他们的肩膀挨在一起时，这艘江船已经离开了水面。船上只有他们两个人，江船载着他们飞进天空的怀抱，越

在最包罗万象的世界里，

会有怎样的冒险在等着这艘最小的船呢？

过了涌动着白色巨浪的海洋。马普切男孩是船首桅杆下的船头，他的眼睛正在搜寻方向。内夫塔利则是那枚叶轮，像远古的圣灵那样推动着他们向前航行。内夫塔利眨了一下眼睛——为了忍住眼泪。

沐浴在早晨灼热的阳光下，江船停靠在萨韦德拉港。内夫塔利探出身来，看着甲板上的水手抛下船锚。当他转过身来时，发现那个马普切男孩已经不见了。没有了这个小伙伴，内夫塔利在准备登岸的熙熙攘攘的船客中倍感孤独。他急忙去寻找母亲、父亲和劳丽塔。

当他们全家跨过下船的厚木板，抵达岸边后，母亲领着内夫塔利来到附近路边的一辆四轮马车旁。父亲把所有的行李全都安置在马车上。内夫塔利还在寻找那个马普切男孩，但他已经消失在人群中了。

内夫塔利仔细地辨认着每一个下船登岸的人，竭力要找到自己的朋友。在马车已准备妥当就要出发时，他才爬上车，但就在那时，他瞥见了那个马普切男孩。那个男孩和家人牵着手,朝着一个方向走远了。

父亲猛地抽了一下缰绳,马车就朝另一个方向奔上了旅途。内夫塔利扭过身,盼望着会有一个挥别的手势。

难道那个男孩不想说再见吗?难道他没有感受到他们之间的默契和亲近吗?他到底有没有寻找过内夫塔利呢?

最后,当那群马普切人几乎要从内夫塔利的视线中消失时,他望见那个男孩从拉着他走的那群人中挣脱出来,在港口的人群中找寻着。

内夫塔利欣喜若狂地挥着手。

那个男孩也朝着他挥着手。

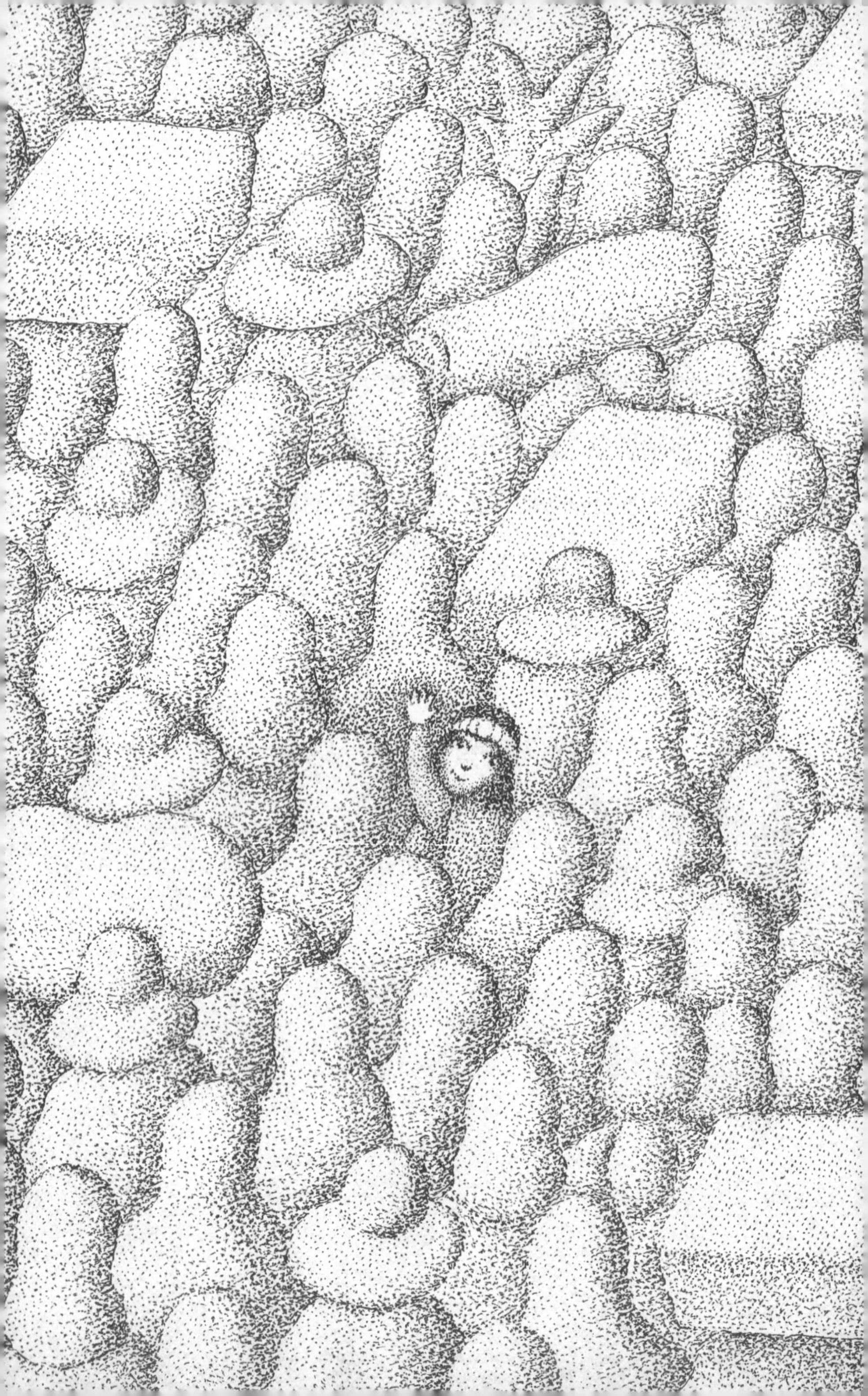

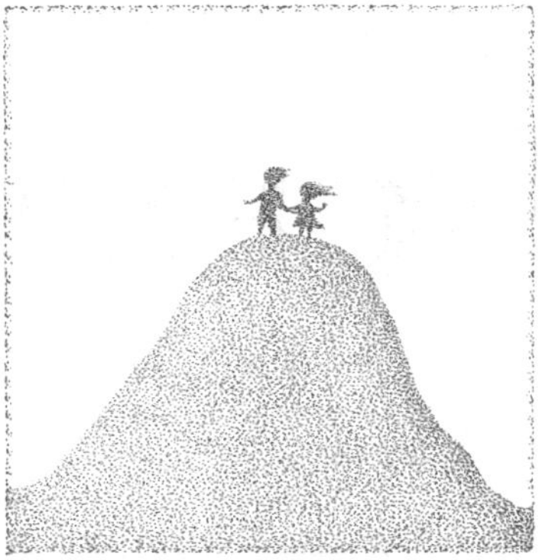

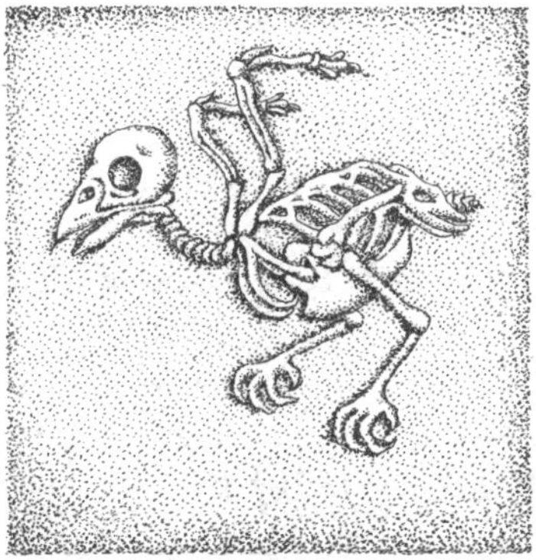

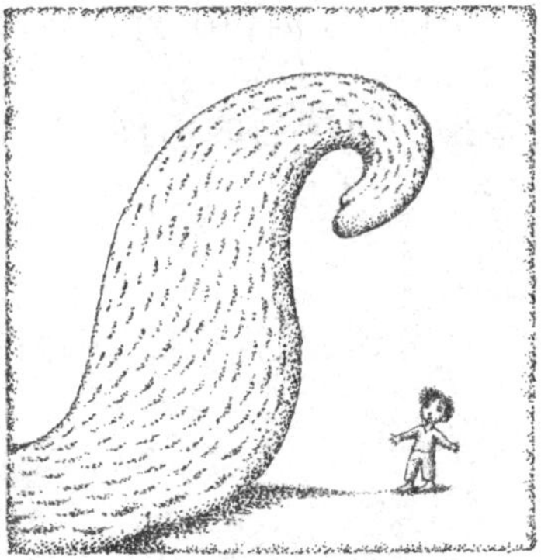

OCEAN
八 大海

马匹拉着马车渐渐驶到一条泥土路上,然后停在几栋可以俯瞰河流的红顶房屋前。在帮母亲从马车上下来之前,父亲指了指其中的一栋房子。

"海在哪里呀?"劳丽塔问道。

"非常近了。我们就在河口附近,河口是河水汇入海水的地方。"父亲指向房屋后的山顶,"另一边就是太平洋[1]了。听——"

内夫塔利听到一阵缓缓的嘘声,声音扬起又落下,如

---

[1] 智利共和国西临太平洋。

同一个巨人的鼾声。

"我们可以去看一看吗？"内夫塔利问道。

"只许到山脊，"父亲说着便把劳丽塔从车上抱下来，"待会儿，我们得把马车上的行李卸下来。"

内夫塔利跑过房子，直奔山坡，劳丽塔紧随其后。到了山顶，在韦勒葛山和马乌莱山的悬崖处，他们停下了脚步。

面对着眼前无尽的斑斓色彩和远处平缓的海平线，内夫塔利不禁屏声息气。他从未想象过那拍打着岩石和暗沙迸溅出的白色水雾的高度，也未曾想象过这低语着的鱼群和咸咸的空气。他驻足，陶醉着，感受着自己的渺小与微不足道，与此同时，他感受到自己仿佛属于某个更广袤的存在。劳丽塔倾身靠近内夫塔利的身旁，劲风吹拂着兄妹俩的头发。

片刻后，兄妹俩听到了列车员的哨声，便跑回了山下。

父亲站在马车旁，轻拍着自己的胸膛，说道："这咸湿的空气很振奋精神，是不是？"

内夫塔利和劳丽塔点头应道。

母亲递给孩子们一些箱子,让他们搬走,孩子们比起赛来,看谁能第一个跑到房子那里。

在折回马车的路上,他们经过父亲身边,父亲似乎有三个人的力气,他正在搬运其中一个床垫。

内夫塔利停下,抓住劳丽塔的胳膊,问道:"你能听出他的口哨是在吹一首歌吗?"

"我可不确定。"劳丽塔说道。

但内夫塔利是确定的。他咧嘴一笑。

快到正午时,他们把这个临时的家安顿好了。还没等内夫塔利或劳丽塔开始请求去山下看海,父亲就来找他们了。"穿上你们的泳衣,我们要去海边了。在那里,我们有很多事可以做。"

内夫塔利抓着劳丽塔的手蹦上跳下。他的的确确有很多可以在那里做的事:建几座沙滩城堡、收集许多贝壳,还可以搜寻漂浮木。

母亲笑着领孩子们去卧室。内夫塔利在换衣服时，已经无法抑制自己的喜悦了。这个地方似乎已经让父亲变得越发好脾气了。也许在这里，内夫塔利可以和父亲分享他的各种发现。也许在这里，父亲会倾听。

在去沙滩的路上，内夫塔利跑到了全家人的前面，然后回过身看大家。母亲解开了她束紧的发髻，头发在她身后飘动，像小姑娘的头发似的。父亲卷起了他的裤腿，好光着脚在沙滩上散步。他一只胳膊上挂着几条小毯子，另一只胳膊则挎着一个篮筐。劳丽塔绕着父亲跳着转圈，似乎不害怕父亲的训斥了。这还是内夫塔利在特木科小镇的那个家吗？

内夫塔利跑回家人身边，牵起了母亲的手。父亲又吹起了口哨，内夫塔利便也跟着父亲吹起口哨。

每走近一步，大海的声音都变得更响。很快，内夫塔利就听不到父亲或他自己的口哨声了。在山的另一边听到的那个缓缓的、柔和的嘘声，现在变成了震耳欲聋的、此起彼伏的隆隆声。

嘭

　唰唰唰

　　呲嘶嘶嘶嘶嘶

　　嘭

　　唰唰唰

　　　呲嘶嘶嘶嘶嘶

　唰唰唰

　　呲嘶嘶嘶嘶嘶

　唰唰唰

　　呲嘶嘶嘶嘶嘶

嘭

　唰唰唰

　　呲嘶嘶嘶嘶嘶

当母亲在准备他们的野餐时，内夫塔利站起来，盯着海面，仿佛他就是正在观看在盛大舞台上演出的全部观众。他喜欢海浪谢幕时向他鞠躬的模样。他喜欢海面上的泡沫若隐若现地舞动——泡沫自己无法决定是该留下还是离开。

他感到劳丽塔在拽他的胳膊。"看呐！有一块石头像玳瑁猫[1]。"说着，劳丽塔弯下腰，捡起了这块石头。

内夫塔利冲向了海边。"这里，劳丽塔！这是软一软体动物的家。还有一具很小的鸟的骸骨，就像学校那本年鉴上那样的。"

劳丽塔跑向他。"让我看看！"

他们仔细观察着对方的种种发现。然后，劳丽塔跑到一个有很多岩石的水潭旁，"这是什么，内夫塔利？"她拿起一个绳结，这绳结里还嵌进了什么亮闪闪的东西。

内夫塔利急忙来到劳丽塔身边。"劳丽塔，把它放一放下。那很危一危险。它是从渔夫的钓鱼竿上割下来的。鲁道夫曾经在河边给我看过。它里面有一个锋利的钩子，

---

[1] 玳瑁猫，也称三花猫，身上有黑、橘和白三种颜色，这三色共存称为玳瑁色。

只要一碰到就会让你流一流血。"

劳丽塔的眼睛睁得大大的。她把它放到一块石头上,然后就跑去收集贝壳了。

内夫塔利看着这一大片干净又潮湿的沙滩,拾起一根木棍,开始写自己的名字。只写自己的名字可无法让他停下来,他还写下了:劳丽塔、母亲、父亲、鲁道夫、舅舅奥兰……

"内夫塔利!内夫塔利!内夫塔利!内夫塔利!"

抬起头时,他发现父亲正背起手站在那里,劳丽塔乖乖地站在父亲的身边。父亲已经喊他的名字多久了?内夫塔利马上扔掉了木棍。

"你头脑就这么糊里糊涂的吗?我站得这么近,你都听不见我讲话?你得注意一点。"

内夫塔利低头看着沙滩。"好的,父亲。我刚才是在练一练习写字。"

父亲甚至都没有瞥一眼沙滩上的字。"跟着我。我们有活儿要干。"说完，父亲便朝着大海走去。

跟在父亲身后时，内夫塔利扭头问劳丽塔："什么活儿啊？"

劳丽塔耸耸肩。

当父亲的脚就要碰到海水时，父亲停住了脚步。他清了清嗓子，像发表通告那样说道："这个夏天你要掌握一些有用的东西。海水会让你增加腿上的肌肉。当你身处大海的时候，就不会去想其他事情。你会专注起来。这正是你所需要的，内夫塔利。还有你，劳丽塔，你变得有些太像你哥哥了。运气好的话，这些练习会让你们胃口大开，变得更强壮。下水去。你们两个都去。"

内夫塔利看向无边无际的大海，又看向天真地拿着一捧贝壳的小妹妹劳丽塔。父亲的意思可能是他们应当到海里去，但父亲不去？就连最小的海浪都那么汹涌，而且更远处涌起来的浪潮比他们的头还要高。

内夫塔利看着父亲说："不—不—不—不去。"

父亲笑起来，揉搓着自己的双手。

内夫塔利感到不适。原来这才是父亲的大计划。

"我们每天都要做这个，"父亲说道，"这会让你变得强壮。如果你在海里蹚得不够远，我会让你再多待些时间。下海去游泳，到我吹哨子为止。"父亲的声音变得严厉起来，"立刻！"

内夫塔利不情愿地牵起劳丽塔的手。尽管鲁道夫曾在家附近的河塘里教过内夫塔利游泳，可海水明显更加汹涌，况且劳丽塔还只是个新手。当他们慢慢地朝海浪走去时，内夫塔利拉紧了劳丽塔。每走几步，内夫塔利就回头看母亲一眼，他的眼睛在请求她延缓这一切。有那么一瞬，母亲注意到了他，但又马上低下了头，假装忙着取出午餐。她一直都知道父亲的意图吗？

内夫塔利和劳丽塔一小步一小步地朝着汹涌澎湃的大海走去——战战兢兢地。

每走一步，劳丽塔都越来越紧地贴靠着内夫塔利的胳膊。当第一波小海浪触碰到兄妹俩的脚踝时，冰凉的海水让他俩都大叫起来。内夫塔利转身朝向父亲，他的眼神哀求着父亲让他们回到沙滩上安全的地方。

父亲却只是笑着鼓掌。

内夫塔利知道他别无选择。他拉着劳丽塔向远处走了几步。海水只有膝盖那么深，但大海的力量和脉动让他感到，大海就像一只想要吞没他的怪物。鲁道夫是怎么得知的呢？他是否也被迫经受过海浪的考验呢？自己和劳丽塔会被一口吞没并被推向死亡吗？

海浪拍打着他们的大腿，劳丽塔踉跄了一下。

内夫塔利抓紧了她的手。"握紧—紧—紧—紧—紧！"

一股海浪朝他们的胸口冲击过来。劳丽塔失足滑倒在深色的海水里。内夫塔利猛地拽起她。被呛到的劳丽塔咳出海水，开始哭起来。

内夫塔利回望父亲。现在他们总可以回去了吧。但是，

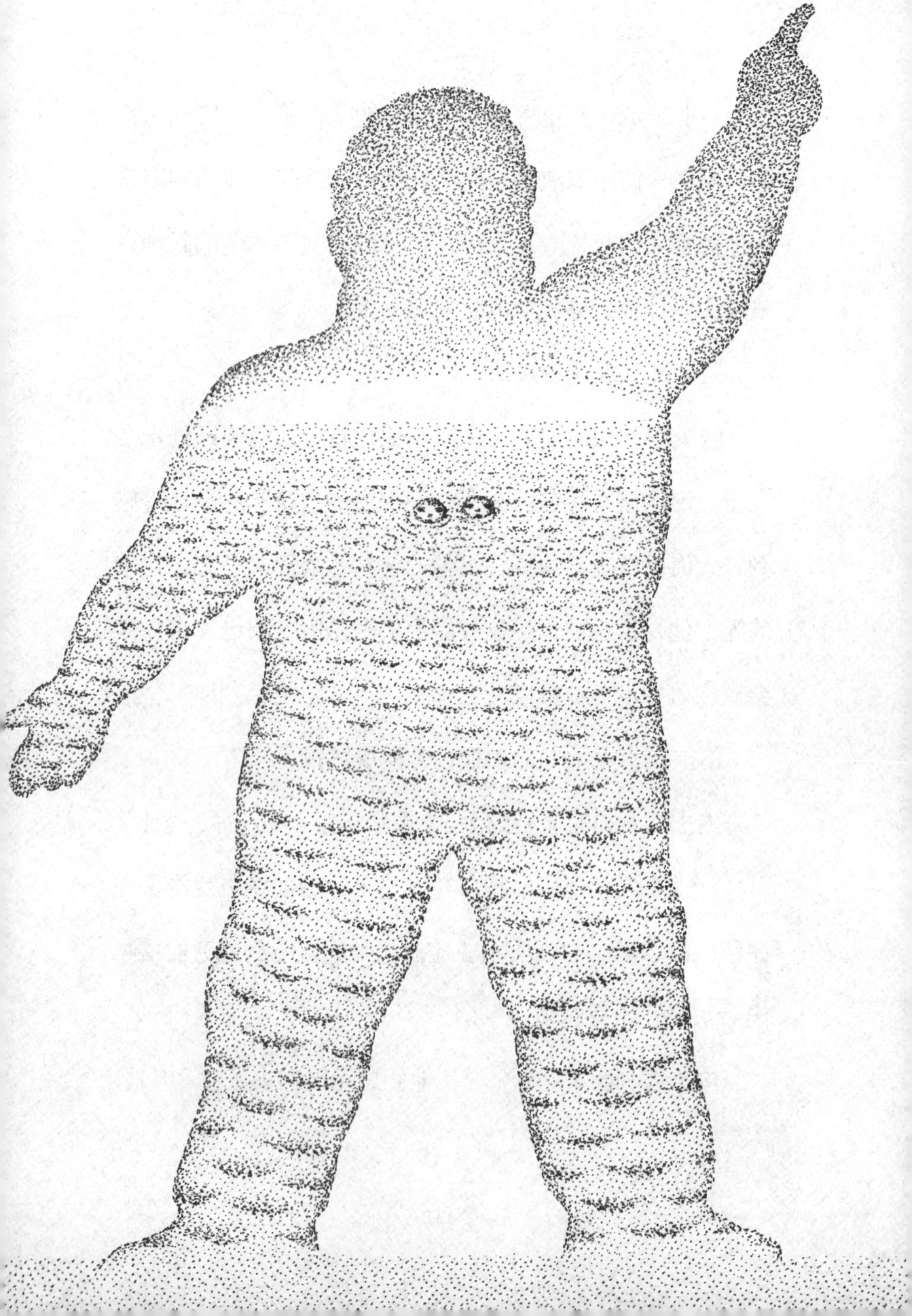

父亲向前伸出一只手臂，又比划着指向了海浪。

内夫塔利寻找着在海岸上的母亲。她已经站起来，正看着他们兄妹俩，紧握着一条毛巾，她的脸因为担心都变形了。为什么母亲不示意他们回到岸边去？为什么母亲没有大喊，够了，别再走了！该适可而止了。

内夫塔利面向另一波海浪。这一次，海浪是那样强劲，以至于内夫塔利也被淹没在水面下。咸咸的海水漫过了他的鼻子。他尝试在水下睁开自己的眼睛，可他所能看见的只是白蒙蒙的泡沫。他感觉到了，劳丽塔的胳膊在摸索着找他。内夫塔利的双脚踩到了沙子，于是他跳了起来。他咳嗽着，伸手去够劳丽塔，把她拉到自己的身旁，拉进自己的臂弯里。

尽管内夫塔利没有听见父亲让他们回岸边的信号，他还是转身，蹒跚着往岸边走，一并揽着情绪很激动的劳丽塔。她靠在内夫塔利的怀里，像一只受惊的小猫咪。

母亲跑过来，从他怀里接过劳丽塔。

父亲扬起他的双臂,摇了摇头。"明天你要再待久一点。"

内夫塔利一言不发。他将自己裹进一条毯子里,拖着沉重的步伐往他们的度假屋走去。

"内夫塔利!"母亲唤道。

他没有回答。

还未走出听力所及的距离,他就听到父亲说:"让他走吧,只要日落前他能到家就行,没事的。徒步走沙丘会锻炼他。确实需要某些东西让他的骨头上长些肌肉。"

内夫塔利回头看了一眼。父亲交叉着双臂站在那里,母亲则在安慰劳丽塔。

内夫塔利转过身,继续向前走,从他们身边走远。每向前一步,他的思绪都在更大声地咆哮。难道他本来的样子不好吗?可怕的海中日常活动怎么可能会让他变得更强壮?是什么让父亲这么残忍?还有,为什么母亲不做任何阻止父亲的事?她只是父亲各式各样心血来潮的一个佣人吗？他们所有人都任父亲摆布吗？

内夫塔利气冲冲地穿过沙丘。某些严肃复杂又凛冽的东西正在他身体里滋长。这种感觉是从哪里来的呢？

是海洋将这些灌注给他的吗？

当一团纠缠蓬乱的线绳被解开后,

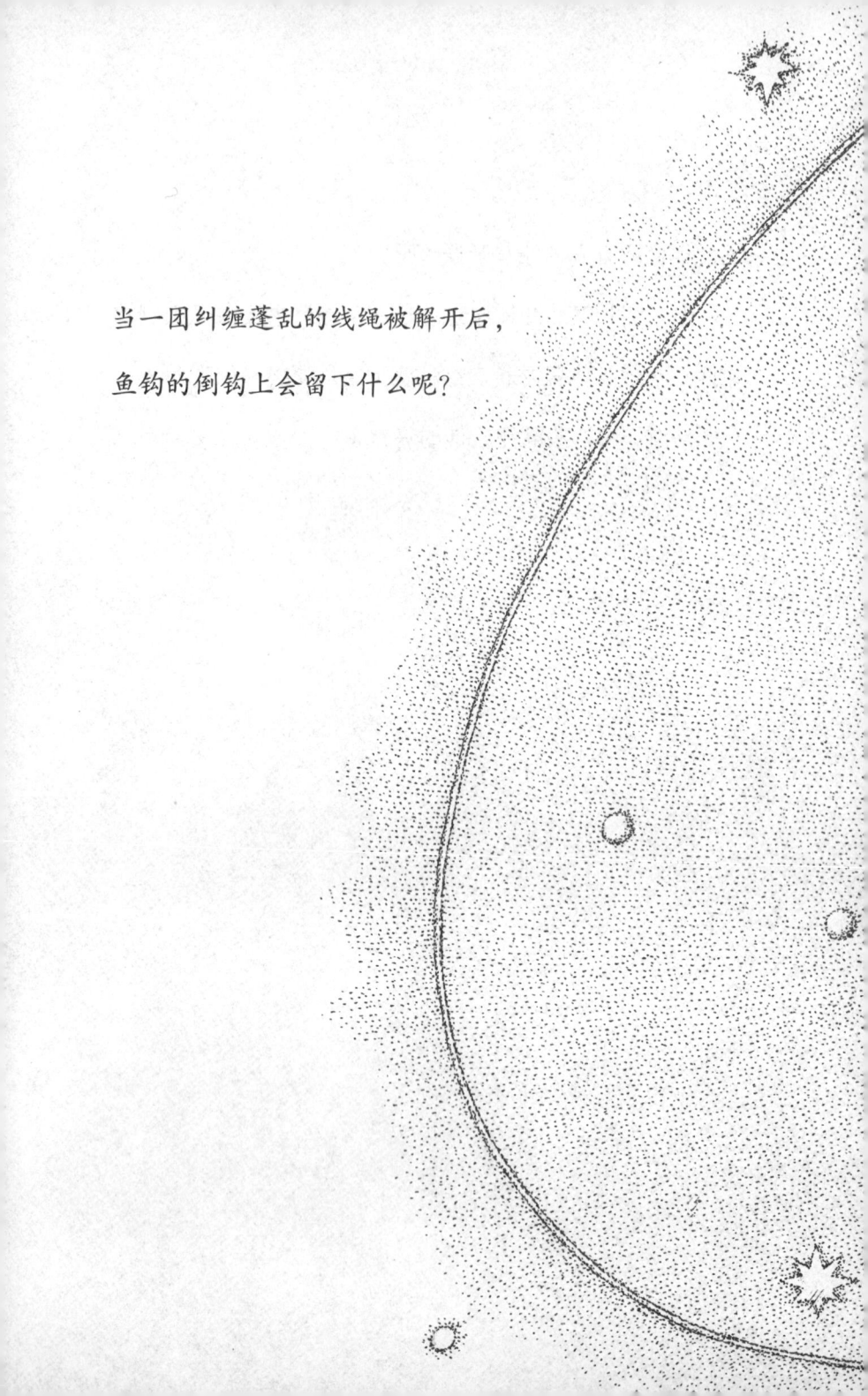

鱼钩的倒钩上会留下什么呢?

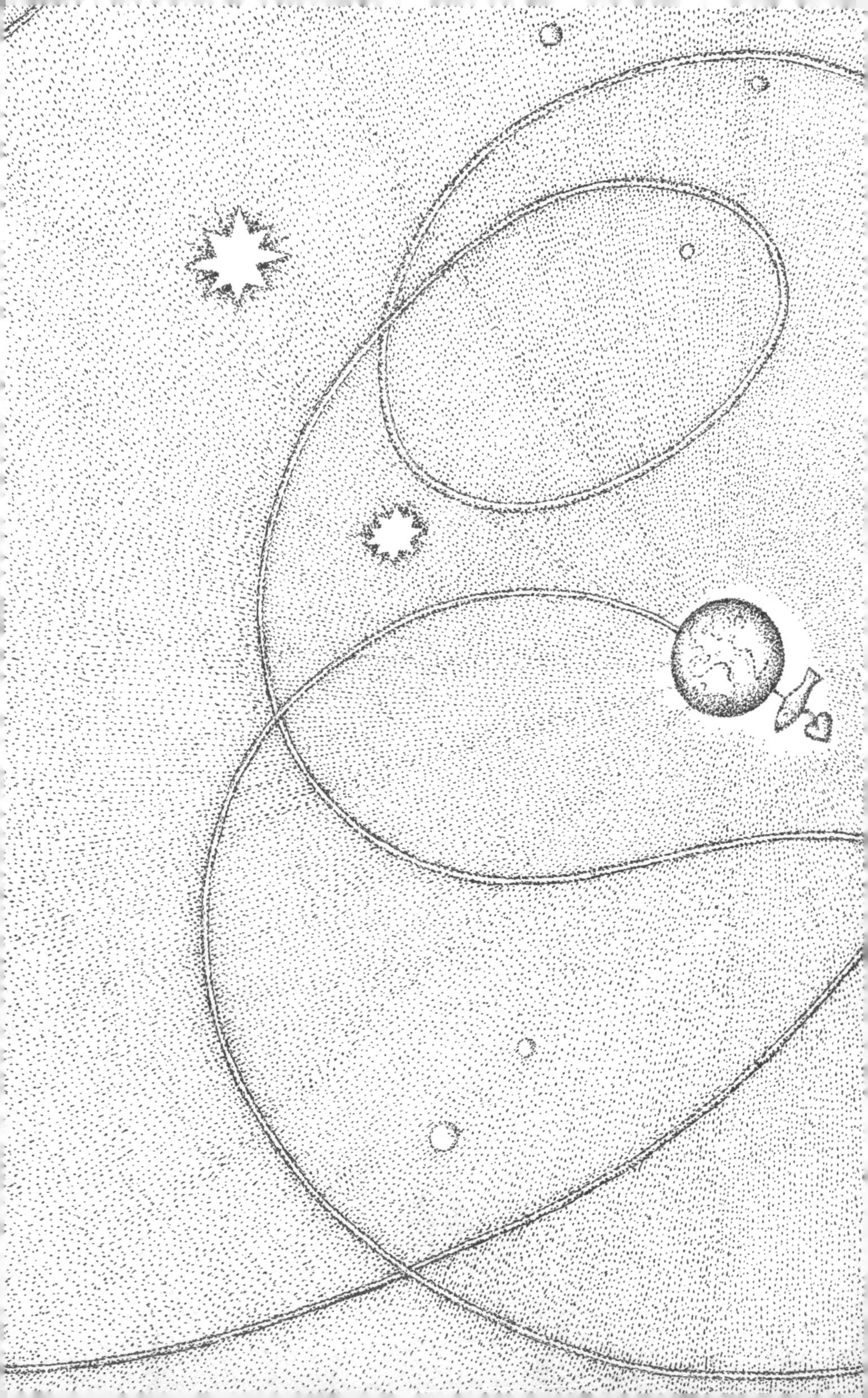

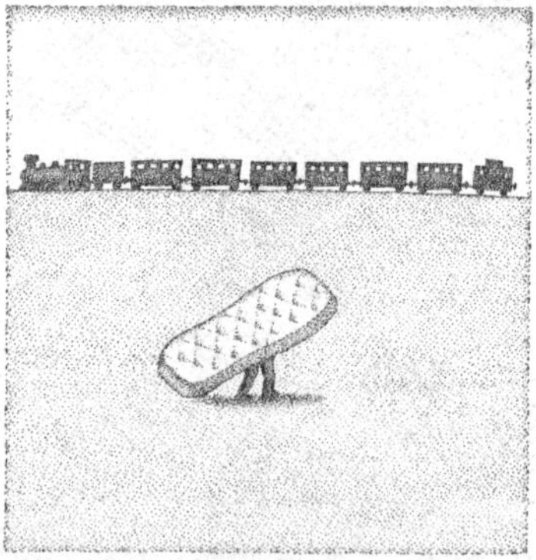

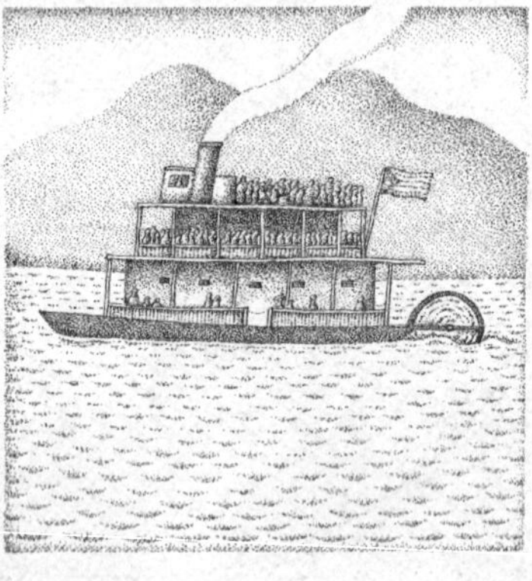

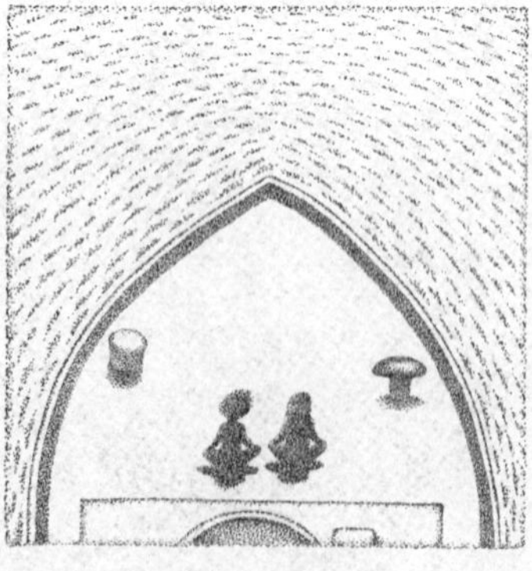

LAGOON
九　浅湖

之后整整一周，内夫塔利每天早上都从同一个噩梦中醒来——劳丽塔溺水了，而他无法去救她，因为他自己也溺水了。噩梦中可怕的景象不断地折磨着他，甚至在他吃早饭的时候、换上泳衣的时候，以及走向沙滩的时候。内夫塔利对他们每天都会路过的那些海边拾荒者感到好奇，不知道这些人是否对他们一家的怪异游行感到困惑：一个欢快地吹着哨子的男人身后跟着一个神情沮丧的男孩和一个正在哭泣的女孩，还有一个顺从的女人——她走在后面，仿佛一切都很正常。

内夫塔利笼罩在怨恨和不满的情绪里，这阻碍了他同母亲或父亲讲话，除了回答他们直接的问题。他的执拗也如影随形。每当在大海中折磨人的游泳一结束，内夫塔利就大步流星地走回红顶房屋那里，换下泳衣，穿回自己的衣衫。他决定要做让自己高兴的事。

在一个可以俯瞰大海的悬崖上，内夫塔利有目的地幻想着。他是一只栖息在盐沼边缘的火烈鸟，飞起来如同一只巨大的风筝。他是一只被驱逐的海鸥。他是一只天鹅，他奇妙的身体似乎是在一面镜子上滑行。

当他不幻想时，他就阅读，他是故意的，直到读完了他带来的所有书。在余下的夏日时光里，他需要找到更多的书来读。

一天下午，他走到小镇上，向一位店主打探图书馆的位置。店主指给他一条小巷，那条巷子终结在某户人家前。内夫塔利觉得店主好像误解了他的意思，便又问了一位走过他身边的女士，她也笑着指给内夫塔利同一栋房子。

当内夫塔利站在前方的道路上,好奇一座图书馆怎么会在一户人家里时,门猛然被打开,系在门把手上的铃铛响了起来。

一个身材矮小的男人,年长到足够做内夫塔利的祖父,快步跃下楼梯。"快进来!进来!"他大声说道。这个人有着和父亲一样的胡须,但他的胡须更花白些,他的眼神也更雀跃。他领着内夫塔利来到一个小房间,里面的地板上覆盖着锯木屑。"我叫奥古斯都,是这里的图书馆员。"

内夫塔利伸出手。"我叫内夫塔利。我只是一名游一游客,来过暑假。"

奥古斯都的双手握紧了内夫塔利的手,说道:"没关系。任何时候都是读书的好时候,不是吗?"

内夫塔利点点头。

奥古斯都把内夫塔利领到歪歪斜斜的书架前。"你对哪些书感兴趣呢?你喜欢推理小说吗?喜欢语言的交响乐吗？"

内夫塔利微笑着，点点头，表示对这两类书都感兴趣。

"你已经读过儒勒·凡尔纳的书了吗？"

内夫塔利又点点头，"可—可他的书，我愿意读不止一遍。"

"那你知道野牛比尔[1]吗？"奥古斯都问道。

内夫塔利眼睛一亮，转而又暗淡下来。"知道，他是一名伟大的骑士，可我不喜欢他对待印第安人的方式。"

"噢……原来你是一个熟读深思的读者，还有着对冒险的偏好……"奥古斯都走到书墙那边，拿出了两卷书。一卷看起来是给比内夫塔利年幼许多的读者，另一卷则是给比内夫塔利年长许多的读者。

"什么时候读这本书都不算晚。"奥古斯都说着，递给内夫塔利一本插图版的希腊神话故事，然后又递给他一本

---

[1] 威廉·科迪（1846—1917），美国陆军侦察兵，善于猎杀野牛，他曾在8个月内杀死将近5000头野牛，因此获得"野牛比尔"的称号。他是美国西部开拓时期最具传奇色彩的人物之一。

柯南·道尔[1]的《血字的研究》,"而这本则是什么时候读都不算早。"

前门开了,铃铛宣告着另一位主顾的到来。

"请进!请进!"奥古斯都说道,留下内夫塔利和书作伴。

内夫塔利的手指触摸着这些书的封面,眼睛仔细地观察这书盈四壁且温馨的房间。他不介意因为待在室内而挥霍了好天气。他不介意读书能否让他腿上的肌肉更加强健。他也不介意读书这样的消遣能否增加他的食欲。

他蜷坐在一把椅子上,畅读了整个下午。直到太阳开始落山,光线低得足以穿透窗户照到他的眼睛,他才意识到他得回度假屋了。他将书放回到书架上,然后在一个书柜前站定,他的眼睛前前后后地扫视着作家的名字:

---

[1] 阿瑟·柯南·道尔(1859—1930),侦探悬疑小说的鼻祖。《血字的研究》是他于1887年创作的第一本以福尔摩斯为主角的中篇小说。

雨果[1]

塞万提斯[2]

柯南·道尔

波德莱尔[3]

凡尔纳

托尔斯泰[4]

易卜生[5]

阿波利奈尔[6]

奥古斯都从他一直看书的书桌前起身,来到内夫塔利的身边。"怎么了,年轻人?你需要帮助吗?为什么你看

---

[1] 维克多·雨果(1802—1885),法国作家,19世纪前期积极浪漫主义文学的代表作家,代表作《巴黎圣母院》《悲惨世界》等。
[2] 塞万提斯(1547—1616),文艺复兴时期西班牙小说家、剧作家、诗人,代表作《堂吉诃德》等。
[3] 夏尔·皮埃尔·波德莱尔(1821—1867),法国19世纪最著名的现代派诗人,象征派诗歌先驱,代表作《恶之花》等。
[4] 列夫·尼古拉耶维奇·托尔斯泰(1828—1910),19世纪中期俄国批判现实主义作家、思想家、哲学家,代表作《战争与和平》《安娜·卡列尼娜》等。
[5] 亨利克·易卜生(1828—1906),挪威戏剧家,现代散文剧的创始人。代表作《玩偶之家》《人民公敌》等。
[6] 纪尧姆·阿波利奈尔(1880—1918),法国诗人、小说家、剧作家和文艺评论家。代表作《醇酒集》等。

起来这么绝望无助呢？"

内夫塔利叹了口气。"我怎样才能在一个夏天里读完这么些书呢？"

奥古斯都笑道："对于真正重要的事，总会有时间。即便这个夏天读不完，还有其他夏天。"他从书架上抽出四本书，拿给内夫塔利，"我一个星期只有几个下午开馆。我希望这几本书可以供你读到下一次来。"

内夫塔利看看这几本书，微笑着说道："谢谢你，但我不能拿走。我的父亲……他是—是不喜欢我读书的，尤其当我可以待在户外的时候。而且到了晚上，我们的度假屋里只有一点光亮。"

"噢，我懂了，"奥古斯都说道，"我也有个同样想法的父亲。"他走到窗前，探身望了望，然后转向内夫塔利，举起一根手指，"你需要的是一个藏身处。"

内夫塔利喜形于色。

奥古斯都示意内夫塔利到窗边来。奥古斯都指向外面一条林荫路,"顺着这条路走上一英里,那里有一个荒废的小屋可以给你用。"说着,他拿出那四本书,递给内夫塔利。

"可如果有人来——来了怎么办?"内夫塔利说道。

尽管没有其他人在这个房间里,奥古斯都还是把手窝成杯状围在嘴边,像在道出一个秘密,"那个小屋属于我,但我不住在那里了,现在我住在这里。"他的手臂挥向书柜,"和我这些居住在书页间的邻居们住在一起。"

在考虑这个提议时,内夫塔利轻咬着自己的下嘴唇。最终,他点点头,拿起了书,"谢谢你。"他匆忙离开了那里,大门上的铃铛还在他身后丁零零地响。门外,内夫塔利沿着林荫路飞奔,却没忘转身朝在窗边微笑着的奥古斯都挥挥手。

林荫路两旁的树木渐渐被茂盛的海草所代替,海草又被掺杂着很多石子的泥土所代替,最终被低矮的沙丘所代替。终于,内夫塔利来到了一条泥土路面的街道上。路面向下倾斜至一座白色木板搭建的小屋,小屋的外面盘绕着金银花,看起来已是年久失修。内夫塔利跑到小径的尽头,又蹦到门廊上,气喘吁吁地到了目的地——他的藏身处!虽然门窗都被木板封上并锁住了,可门廊很宽,而且有屋顶遮蔽。一个长长的木盒紧贴着门旁的墙壁,内夫塔利抬起木盒盖,在里面发现了几个旧木桶和一些园艺工具。那几本书放在这里会很安全,还可以保持干燥。看来,奥古斯都是对的,这个地方简直完美。

内夫塔利绕着小屋游荡。在小屋的后面,成堆成片的花可谓姹紫嫣红:鲜红色、白色、雪青色、黑色,还有橘色,朵朵都在这座蔓生的花园中央肆意盛开着。在这片花海中间,有一艘破得不成样子的旧划艇。内夫塔利跑到这艘滞留在陆地的小船上,将手臂高举过头顶,雀跃着,宣布这艘小船已归他所有。这样一小块地方是如何带给他这么大快乐的呢?

在花园的另一边,一条狭长的小径延伸到一汪浅湖。内夫塔利急忙跑到湖边,两只黑颈天鹅[1]正在湖心划水前

---

[1] 黑颈天鹅是一种产于南美的天鹅,体姿同大天鹅十分相似,是一种珍稀鸟类,体长约一米,其黑色脖颈及嘴基部那美丽的红色肉瘤是它的显著特征。

行。当内夫塔利走近时,它们转过身,朝他踩水游来,它们修长的脖颈向外探着,喙也满怀期待地张开了。

"那么,天鹅先生、天鹅女士……有人对待你们就如同对待宠物一样,对吗?你们期待着一顿好吃的?"

两只天鹅发出了空闷的呼哧呼哧的声响。

"明天,"他许诺道,"明天我会回来,这点你们可以确信。"

当太阳缓缓地朝地平线落下,内夫塔利也调头返回度假屋。在微渺的霞光里,内夫塔利奔跑着,他的思绪也跳跃着。

我的书。我的木屋。我的天鹅。

我的书。我的木屋。我的天鹅。

他迫不及待地想要明天再回去。现在,只要他能够守护住小木屋这个秘密。

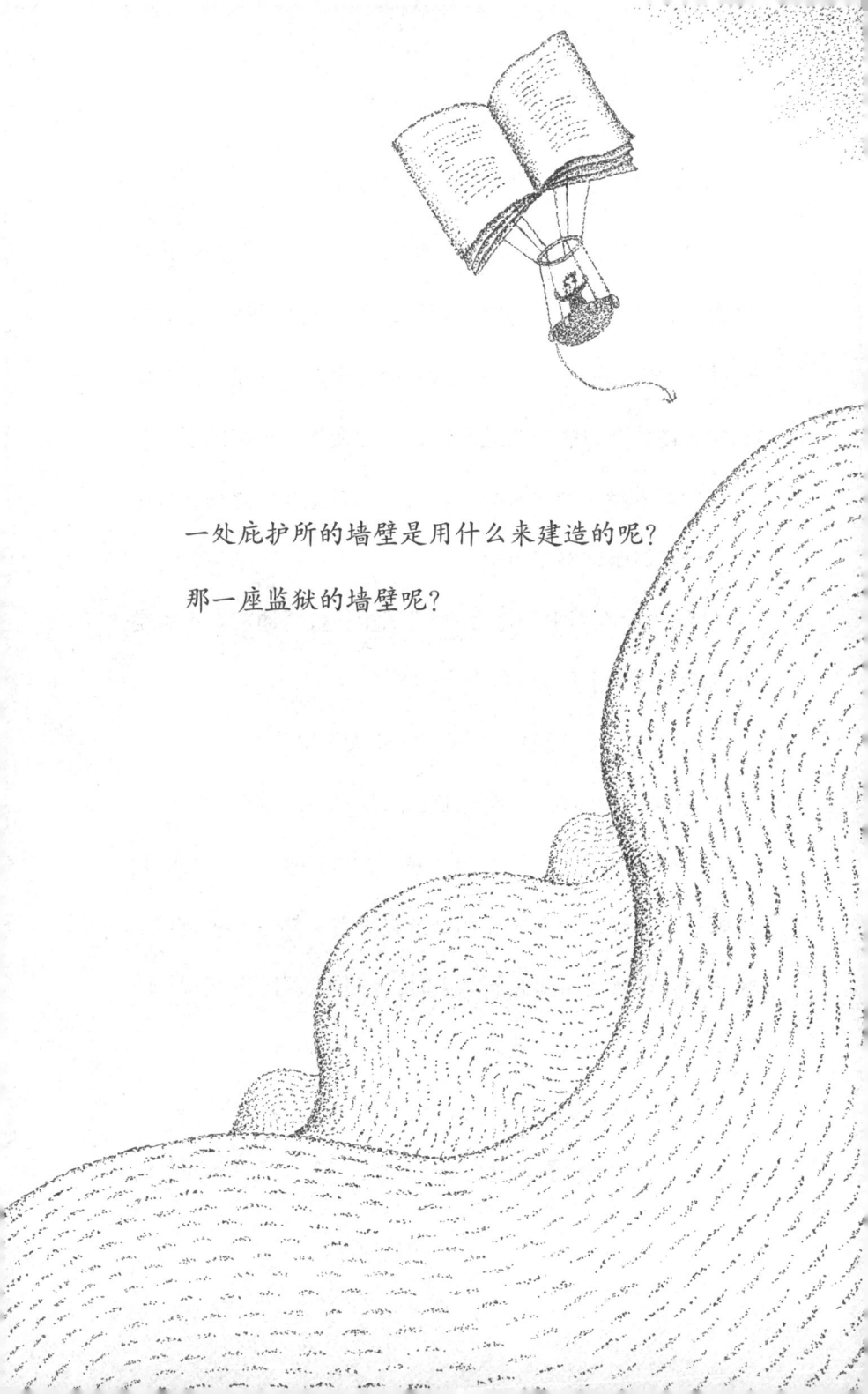

一处庇护所的墙壁是用什么来建造的呢?

那一座监狱的墙壁呢?

隔天，每日例行的游泳一结束，内夫塔利就急忙折回度假屋，换好衣服，并暗自期待，在其他人回来之前，自己就能出发去小木屋。在充满乡村特色的厨房里，内夫塔利匆匆往各个口袋里塞进面包，之后便着急地出门了，不料和劳丽塔撞了个面对面。内夫塔利看见在她身后，母亲和父亲正悠闲地漫步下山。

"你为什么回来得这么快？"他问道，"通常你不都是继续待在沙滩上玩耍吗？"

"我有点冷，想要回家来。你要去哪里？"

"只是出去转转。"他答道，回避着她的目光。

"我想和你一起，"她恳求道，"求求你了。在这里太无聊了。每天，我都必须和母亲去集市，然后我必须得小睡一会儿。然后在他们泡咖啡时，我还必须独自一个人玩，而且不能弄出声响。然后——"

内夫塔利打断了她的话，"也许其他什么时间吧。现在，我很忙。"他跑开了，扭头瞥了一眼，确定劳丽塔没有跟上来。她站在度假屋旁,看着他,低垂着肩膀。

第二天下午也没有那么容易。内夫塔利一离开沙滩,劳丽塔就追着他一直跑到度假屋,她也像内夫塔利那样迅速地换好了自己的衣服。"内夫塔利—利—利……"劳丽塔看着厨房里的内夫塔利,埋怨道,"你为什么要把面包塞进口袋里呢?还有,你衬衫里面藏着什么?"她掀起了内夫塔利的衬衫下摆,"是你的绵羊啊。你要带它去哪儿?你要去哪儿?我保证我会乖乖的,只要你带我一起去。"

内夫塔利没有理睬她,推开了门,可劳丽塔跟着他。

他突然转过身。"劳丽塔,回去!"

仿佛被内夫塔利掴了耳光似的,她站住了,垂着头,转身返回了度假屋。她的肩膀抖动着,内夫塔利知道她正在哭。愧疚拖拽着他,可如果他带上劳丽塔,劳丽塔可能一不留神就说漏嘴,告诉母亲或是父亲关于那座小木屋和那些书的事。他不想让自己的任何发现成为被禁止的东西。他更不想承担照顾劳丽塔的这份责任。

到了这个周末，劳丽塔甚至提都不提要一起去的事了。她只是泪眼汪汪地看着内夫塔利走远。

~ ~ ~

当内夫塔利来到浅湖边时，那两只天鹅正在等待。他把面包扔向它们，它们便忙着争抢每一小块面包。"我有一个秘密要讲给你们听。劳丽塔跟着我来了，我看到她了。不过，她并没有来小木屋这里。她只到了泥土路，然后就走开了。别担心。她在那里是看不到什么的，而且她是不会故意泄露我的秘密的。"

内夫塔利在岸边坐下来，说道："上午例行的游泳并没有变多好。我醒来时，我的胃就已经因为害怕变得不舒服了。劳丽塔游得不好，我担心我会因为那得寸进尺的海浪失去她。不过，我喜欢坐在沙滩上，看着大海，收集海滩上的东西。但是有一点我不喜欢，就是海水颜色太深了。我看不到水下面，又或是海水很快就改变了它的想法，然后用这样那样的方式把我冲走。你们想知道另外一个秘密吗?"

两只天鹅用喙帮彼此整理颀长的脖颈。

"父亲说我会变得更强壮,但我没有,这让他每天都更加生气。当我终于从海浪里脱身时,我整个人都在发抖,皮肤更是因为那冷冷的海水而发紫。我甚至故意推迟把毯子披在身上的时间,好让父亲看到我在经受着什么。可这并没起什么作用。母亲只字未讲,什么都没有!这让我更愤怒。所以,我只在必须开口的时候才说话。我甚至不想和他们待在一起。我最开心的时候就是在这里,和你们在一起。"

内夫塔利拿起前天奥古斯都借给他的书。他躺在湖岸上,把书本举过头顶。"现在,你们准备好要听维克多·马里·雨果的诗歌了吗?听听这个,我的朋友们:

'无论何时,我的爱都为那长着羽翼的生灵而涌动。

少年时的我,曾于林中寻觅飞鸟,

将它们捕捉进粗糙的铁笼中,

用我的早餐蛋卷喂养它们,

正因如此,尽管笼门松散脆弱,

鸟儿却鲜有逃脱,哪怕逃走,

只需一生轻唤,它们便振翅飞回笼中!'"[1]

内夫塔利坐起来,把剩余的面包都扔到浅湖里。"我会喂你们我的蛋糕早餐,希望即使有一天你们离开,你们也会这样,因为我的呼唤而归来。"

两只天鹅游向他抛出的吃食,然后为了更多的面包,又赶忙游了回来。

"不要贪心啊,"内夫塔利说,"还有,记得待在岸边的阴暗处。奥古斯都说过,会有猎人在一年中的这个时节在这里出没,他们会捕猎你们,如果他们能抓到你们的话。是为什么呢?用你们的短绒毛做一个粉扑,或拿你们的长羽毛来装饰一顶可笑的帽子。"

---

[1] 本诗为法国文豪雨果于1840年4月12日所作,题目为 *A Love for Winged Things*。

内夫塔利注视着这两个正在一同游水的朋友,一只宛如另一只的影子。"你们俩是最好的朋友吧?总在一起。我只是有一点点嫉妒。"他向后倚靠着,聆听着水鸟们:海鸥发出声声尖锐的啼鸣,鸬鹚发出低音曲调,新近熟知的天鹅发出吱嘎吱嘎的啼叫。

"我的天鹅们,人们说的是真的吗?你们会在死前唱那首绝唱——天鹅之歌吗?不,还是别告诉我答案了。这是我无需知道的事。藏到高高的水草里吧,我的朋友们,这样猎人就找不到你们了。"

内夫塔利走回小木屋,坐到门廊上,审视着他的这座夏日博物馆:鱼骨、贝壳、蟹钳、海草、珍珠母,还有那只忠诚的绵羊,林林总总的都摆放在临时的搁板上,那搁板都是由老旧的木板堆叠在石头上做成的。所有的东西都有自己的一方小天地,这让内夫塔利感到满足,他倚着门廊的柱子,继续捧起书阅读。

几个星期后,内夫塔利来到浅湖边,挥动着自己的手

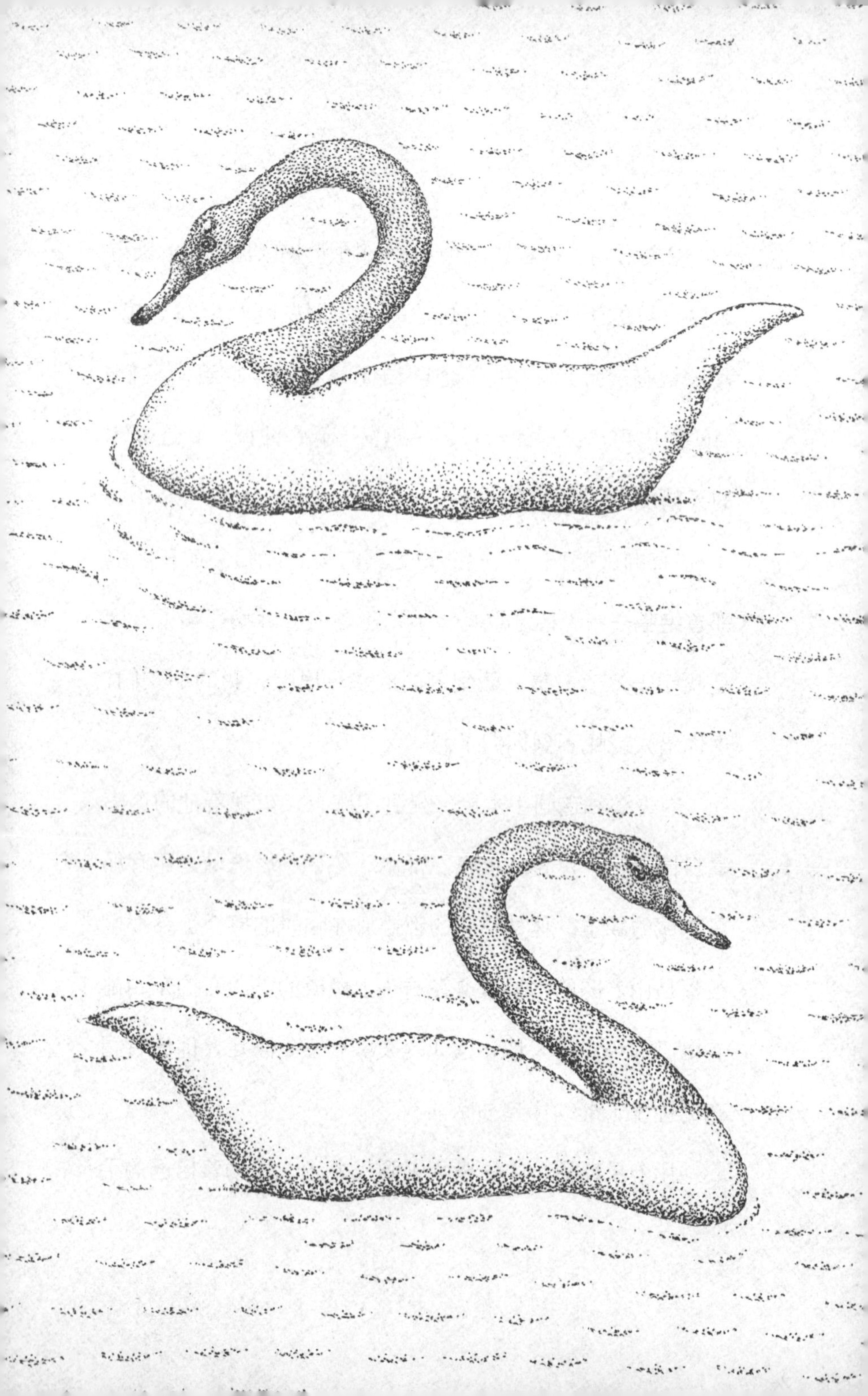

臂,"我的朋友们,我在这里!你们在哪里?"他朝湖中扔了几小块面包,但都被浸湿泡软,沉下水了。他又喊了一次,还吹响了口哨,两只天鹅仍未出现。浅湖静得出奇,连海鸥和鸬鹚都无踪影了。

内夫塔利搜寻了岸边,拨开了高高的水草。他蹑手蹑脚地循着盐沼地的边界走着。他试着说服自己,两只天鹅是安全的。也许是曾经给它们喂过食的某个人回来了,也许现在它们正在邻近的其他院落里祈求吃食呢。

他决定徒步去远处的一栋房子那里,询问一下两只天鹅的事。他走到了一条小路上,不确定它通往哪里。就是在那里,他瞧见了一道血迹。一股沮丧的情绪包裹着他。他听到灌木丛中有一阵窸窣的响动,便转身走过去。在泥泞的芦苇丛中,那只雄天鹅摇晃颤抖着,鲜血淤积在它身下。有那么一瞬间,内夫塔利的胃里翻涌得似乎要爆发了,他踉跄了一下。但天鹅发出的一声绝望的哀鸣让他镇定了下来。

内夫塔利走近,发疯似的寻找这只天鹅的伴侣,却怎么也找不到。

内夫塔利轻轻地弯下腰,抱起了这只巨大的鸟,它丝毫没有抵抗。内夫塔利用尽全力抱着它返回小木屋。内夫塔利内心沉重,这让他感觉这只天鹅变得更重了。内夫塔利将它轻轻放在门廊上,从储物长椅那里拿过一个木桶来,到浅湖那里打水。随后,他用自己衬衫的衣角擦拭天鹅那道很深的伤口,他声音颤抖着说:"我的天鹅,我的天鹅,对你做出这种事的那个人,不管是谁,都是个野蛮人!"内夫塔利轻抚着天鹅的脖颈,"那些猎人杀死了它,是不是?"他把自己的头靠在了天鹅的背上,"你必须吃东西,不然你也会死掉的。"他把手伸到自己的口袋里,掏出一些面包的碎渣,轻轻地送进天鹅橙色的嘴里。

下午的时光慢慢地消逝,内夫塔利无法忍受一个事实——他将要离开这只天鹅。可如果他没能及时回到度假屋,他无法想象父亲会让他或者禁止他做什么……他一直陪在这只天鹅身边,直至太阳西斜,在地平线上化作一个小点,他才跑回度假屋。

快到度假屋时,他看到劳丽塔正在屋外玩。她停下来,眯着眼睛看他,然后指着他的胸膛问道:"怎么啦,内夫塔利?你受伤了吗?"

内夫塔利向下一看,他的衬衫上满是血迹。他呻吟了一声,说道:"不,不。我没事。"他紧张地四下里张望,"父亲和母亲在哪儿呢?"

"在里面。但是……"劳丽塔继续指着他血迹斑斑的衬衫。

"劳丽塔,这不是我的血,是一只天鹅的。我需要你的帮助。"

"帮你做什么?"

"你能迅速地偷偷地溜进屋子,给我拿一件干净的衬衫吗?"

她点点头。

"不要告诉父亲和母亲关于血的事情。"

劳丽塔犹豫着说道:"我不会说的……但是……除非你答应明天带我一起去。"

内夫塔利用手指捋了一下自己的头发。"我需要先征得同意。也许父亲不同意。"

"可如果你用一个礼貌的方式来请求的话……"

内夫塔利叹气道:"好吧,那就这样。现在快去吧。"

当劳丽塔蹦蹦跳跳地回到屋子里时,他等待着。过了一会儿,她带着一件干净的衬衫回来了。他脱下有血渍的那件,把它藏在一处茂密的灌木丛里,然后换上干净的那件。

当兄妹俩进屋时,和父母亲迎面碰上了。

"我们马上就要坐下吃晚饭了。"母亲说道。

"你们快去洗手。"父亲说道。

装作没有什么稀奇的事情发生那样,内夫塔利和劳丽塔一同在水池边洗手。劳丽塔像一个阴谋家那样吸引着内夫塔利的注意,脸上带着微笑。

"谢谢你。"他轻声说道,祈祷着劳丽塔仍旧是一个富有同情心的人,而不会变成一个告密的人。

~ ~ ~

第二天上午在海滩上,例行的海中游泳一结束,内夫塔利就抓过劳丽塔的手,来到父亲和母亲面前,"今天劳丽塔可以和我一起吗?有一个火烈鸟的巢,她想去看看。我保一保证照看好她。"

"确保她紧紧待在你身边,"父亲说道,"还有不要在外面待到太晚才回来。昨晚你回来得就太晚了。我可不想出去找你们两个。"

内夫塔利在心中记下,务必在日落之前从小木屋离开。

他牵着劳丽塔的手,和她一起平静地走到山顶。当他们走到父母看不到的地方时,劳丽塔便挣脱他的手,手舞足蹈地跳起来。

"冷静下来,劳丽塔,听我说。等我们回到度假屋,你换好衣服后,就去找一些碎布和一条毛毯。我去厨房拿面包。"

"这些东西是给谁拿的啊?"

"在路上的时候,我会解释这一切的。我们得快点了。"

~ ~ ~

在他们去小木屋的路上,内夫塔利告诉了劳丽塔所有的事情:关于奥古斯都、藏身处、浅湖、两只天鹅,还有猎人。每隔一会儿,内夫塔利就停顿一下,说道:"这你可绝对不能告诉任何人。"每一次,劳丽塔都严肃认真地点点头。甚至在他们还没走到门廊,或者亲眼见到天鹅时,劳丽塔就已经攥紧了双手,一遍遍地重复着:"好可怜啊,好可怜啊!"

内夫塔利看见天鹅就像昨天他离开时那样,一动不动地瘫在门廊上,眼睛也合上了。

劳丽塔在天鹅的周围徘徊着。"它没有死,对吧?"

内夫塔利伸出手,轻抚着天鹅的脖子。"嗯,它只是在睡觉。"

他的触碰让天鹅睁开了眼睛,它在发抖,想尝试着站起来,却向后栽倒了。

"不要害怕,我的天鹅,"内夫塔利说,他的声音平和又镇定,"这是我的妹妹,劳丽塔。过几天,等你好一些,我们就会让你回到湖里。我保证。但是现在,你得休息。"

内夫塔利看着劳丽塔,她的眼睛又圆又严肃。他朝着水桶点点头示意了一下,"去浅湖打些水来吧,这样我就能给它擦擦身体。然后,在我们离开之前,我们要装些湖水给它喝。"

劳丽塔找到木桶,奔向湖边又回来。

当内夫塔利替天鹅把它身上的血迹拭去时,他似乎把天鹅当成了小婴儿,劳丽塔轻轻地摸了摸它的脖子。天鹅闭上了眼睛。"不要担心,"她说道,"现在我们在这儿呢。我们会照顾你的。可怜的,可怜的家伙。"

连着两个礼拜,内夫塔利和劳丽塔每天都会去照顾那只天鹅。劳丽塔打来湖水,她还把毯子布置来布置去,只为布置出一个柔软的小窝。内夫塔利则清理它的伤口,喂它吃小小的面包球,还鼓励它站起来,走走路,尽管在晕倒之前，它只能走出几步而已。最终，当它的伤口愈合得差不多时，内夫塔利信守了他的承诺。

~ ~ ~

终于，这一天到了。内夫塔利抱着天鹅走向了浅湖。

劳丽塔走在他旁边，看起来很担心。"它安全吗？走慢点，内夫塔利。小心点。"

他们到了湖水岸边，内夫塔利把天鹅放低到地面上。

"现在呢？"劳丽塔问。

"我们必须提醒它，它的家是在浅湖。"他守护着天鹅，小心地把它的喙浸到湖水里。然后，内夫塔利就松手了。天鹅在水面上待了片刻，但随后它就倒向一边，开始下沉。

劳丽塔尖叫道："内夫塔利！快想想办法！"

内夫塔利一个箭步冲向天鹅，猛地把它拉到自己的臂弯里。他退回到岸边坐下，将它揽在自己的怀里。"这是怎么了，天鹅先生？"

劳丽塔坐到他们身边，"如果你告诉它所有你看到的东西，也许它能感觉好些。"

内夫塔利冲她浅浅一笑，想起了之前劳丽塔替他站在窗前的时光。他望向浅湖，"我看到海鸥像士兵一般站在海滩上。在水里，几百只火烈鸟竖起它们弯曲的喙。现在它们奔跑着，高飞到风中。快看它们！它们在天空中排列成了一个无比巨大的动物，一个拥有着一千只翅膀的鸟。你问，它们是什么颜色的呢？那是婴儿脸颊的颜色。还有更多。我还看到特别陡峭以至于无法攀爬的座座悬崖。还有两朵在参加懒惰比赛的云彩。哪一朵会赢呢？我猜不出来。"

劳丽塔也望向了浅湖。"内夫塔利，其他天鹅都在哪里呀？"

"肯定是那些猎人把它们杀死或者吓跑了。当我们的天鹅更强壮时，我们会带它去另一个地方。也许去布迪湖[1]，那里有许多天鹅。"

---

[1] 布迪湖是智利的咸水湖，位于该国南部。

劳丽塔双手合十祈祷着，"它一定会变好的。"

可即便在悉心的照料下又过了一周，天鹅也仅取得了一些小进步。它似乎变得更孱弱、更沮丧了。

在距内夫塔利发现天鹅整整三周的那一天，他在山顶上等着上午刚游完泳的劳丽塔身体变干。终于，她跑到山上来找他了。"我今天不能和你一起去了。母亲说，我得和她去拜访一个人，她的女儿和我同岁。但我不想跟一个我不认识的女孩一起玩。我想跟你走。"

"没关系，劳丽塔。就一天，没什么影响的。"

"昨天晚餐剩下了一些鱼肉，我用纸包起来，藏在了后门附近，也许天鹅会喜欢吃。但只许一次给它很小很小一块。不要忘了给它打些湖水。还有，一定要抖抖毯子，把它在天鹅身边铺好，就像我那样。还有……"

内夫塔利把手放在她肩膀上。"劳丽塔，我保证会做所有的事。"说完，他便匆忙离开了，留下因为担心而攥紧双手的劳丽塔。

~ ~ ~

当内夫塔利到达小木屋后，天鹅抬起了头，发出了一记短促、惹人心疼的微弱声响。"今天你在问候我啊，天鹅先生，"内夫塔利说道，"我希望这是一个好预兆。"

又一次，他费力地抱着天鹅到湖边去。但是，这只虚弱的鸟儿却只能在岸边缩成一团，似乎想要休息。内夫塔利把它抱回臂弯里，"别担心，我的天鹅。明天又是新的一天。"他步伐沉重地踏在小路上，"你会喜欢劳丽塔给你带的那条鱼的，它会让你变得更强壮。因为今天不能来，她很难过。但我肯定，她明天会来的。我们会带更多的鱼来。这不麻烦。等你感觉好一些时，你就又能在浅湖里游泳了。我会帮你的。相信我。"

内夫塔利的步伐慢了下来。"感觉你今天变重了些。也许你正在增重。这是个好兆头。"他向前走着，"我们马上就到小木屋了。我会像劳丽塔指导的那样，为你安顿好一切。她就像个爱指挥别人的护士，对吗？"

在他们头顶，一群海鸥向着海洋的方向翱翔远去，变得越来越小。"它们要飞向哪里，我的朋友？你能告诉我，它们在海上这么久都在做些什么吗？"

突然刮起一阵冷风。

海草在窃窃私语。

内夫塔利踏出了一小步，紧接着又一小步。"马上就到了……"

他感到自己的手臂上袭来一丝羽毛般轻软的凉意。

"好的，头靠着我，休息一下吧，我的朋友。休息一下吧……"

天鹅丝绸般光滑的脖颈展开了。生命在它的身体中消逝了。

内夫塔利一直走着，他的双臂疼痛着。他的眼中噙满泪水，夺眶而出。他跟跟跄跄的。"不—不—不要。不—不—不要在今天。不要在任何一天—天—天。"他低声说道。

他走到门廊后，瘫在了台阶上。

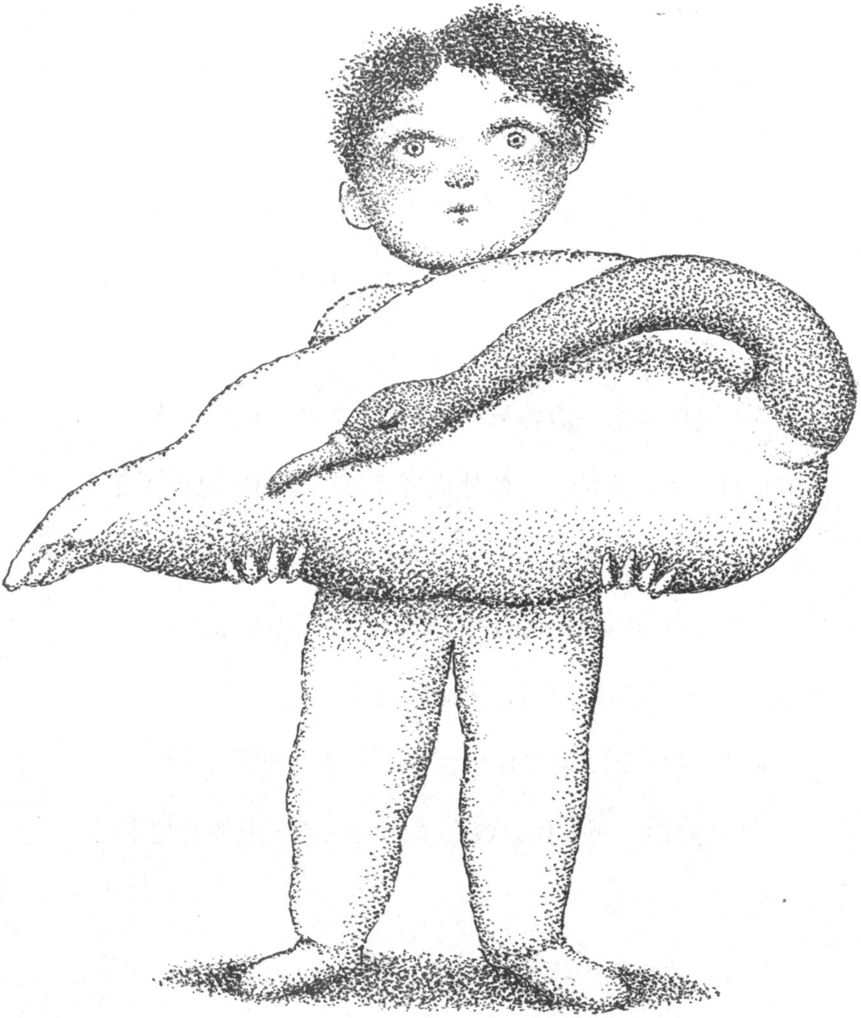

他用了多久才走回到小木屋？

一分钟？一个月？一年？

~ ~ ~

当劳丽塔和母亲在那里找到他时，几乎是日落时分了。他仍在摇晃着天鹅。劳丽塔跑向他，坐在他身边，头靠着他的肩膀，哭了起来。

内夫塔利抬头看着母亲，"这不是真一真一真的，这不是真一真一真的。它的伴侣死了。一个猎人打伤了它。我们照顾它……可是今一今一今天……"

母亲坐到内夫塔利的另一边，用手为他抹去眼泪。"我知道。当你没有回家时，劳丽塔就告诉我了。你已经做了你所能做的一切。它身体里面也一定是受伤了。"

"它的伤一伤一伤口愈合了。但一但一但他看起来还是伤一伤一伤心。"

母亲搂着内夫塔利的肩膀。"伤口是会骗人的。也许它的痛苦是因为其他的事。一只天鹅需要其他天鹅，就像每个人都需要其他人一样。"

内夫塔利把他的脸埋进了天鹅的羽毛里。

劳丽塔则被自己的眼泪呛到，抽泣着打起嗝来。

母亲起身，摘下围巾，将它散开铺到地上。随即，她用内夫塔利完全不知道她会有的那样的力气，从他的臂弯里抱起天鹅，并温柔地把它放到了围巾上。然后，她将围巾折起来，裹住它的身体。"我明天会和你一起过来，然后我们会为你的朋友举行葬礼，你能想到一个好的地方吗？"

内夫塔利点点头。"在花丛里。"

母亲把内夫塔利抱到自己的腿上，轻轻摇晃着他，正如他摇晃天鹅那样。

他们离开小木屋时，太阳早已下山了。在回家的路上，内夫塔利牵着母亲和妹妹的手。当他们终于到了院落的边角时，天已经黑了。父亲模糊的身影在窗口的灯光下走动。

内夫塔利呆住了，声音颤抖着。"父亲会一会一会生气的,这都是我—我—我的错。"

母亲屈膝蹲在兄妹俩面前。她一只手放在内夫塔利的肩膀上,另一只则放在劳丽塔的肩膀上。"我会说我带着劳丽塔去散步时,碰上了你,浅湖的风景太美了,所以我决定要待到日落后再走。这就是为什么我们回来晚了。"母亲从内夫塔利看向劳丽塔,"我们进屋后,你们就直接去你们的卧室。我会告诉父亲,你俩太不讲卫生了,不能和我们一起吃晚饭。晚些时候,我会把晚饭给你们拿过去。明白了吗?"

内夫塔利张开手臂,紧紧地搂着母亲的脖子。他想告诉她,他是多么爱她。他想告诉她,和她生气、不和她讲话,他感到很抱歉。但他那难以消化的复杂情绪妨碍他用语言来表达。

"那,该进去了,我们进屋吧。"母亲说道。

但内夫塔利还没准备好松手,他还需要一点时间。他悄声耳语道:"他们说的不是真的。"

"说的是什么，我的孩子？"

一滴眼泪从他的脸颊滑落。"天鹅死去的时候，并不会唱歌。"

~ ~ ~

夏日所剩无几了。再有几个星期，黄澄澄的太阳就会变成金色，影子也会被拉长。不过，无穷尽的海浪还会是老样子，汹涌而来，又撤回到大海里。内夫塔利和奥古斯都道了别，收拾好了他所有的夏日宝藏，待在离度假屋更近的地方。他在每一处地方都写下了字：围栏的柱子上、变白的漂浮木上，以及岸边附近的旧船上。

当他们最后一天在萨韦德拉港时，父亲站在沙滩上，双手在胸前交叉。

内夫塔利和劳丽塔站在他前面，他们的手指缠绕在一起。

"你还没有尽全力尝试，内夫塔利。一整个夏天过去了，你好像变得更虚弱了，而不是更强壮了。"

"他长高了,这就够了啊。"母亲说道,"还有,何塞,看看他健康的脸色。"

父亲摸着胡须,打量着内夫塔利。"我看到的只是你的傻里傻气。你还是爱走神。你一点都没有改变,不是吗?"

内夫塔利盯着沙滩上的微粒。

"我游泳游得更好了。"劳丽塔提道。

父亲没有理会她,摇了摇头,"我们赶紧结束吧。你们现在就去海里。"

内夫塔利用力拉着劳丽塔往前走,踏进水里。他的胃翻涌着,他的恐惧像这个夏天的第一天那样强烈。

他为什么如此喜欢一个地方,同时又如此憎恨一个地方呢?为什么海水在像他内心深处某个存在的一部分的同时,又看起来那么陌生呢?海水涨潮了。他迎击着每一波海浪。溺水的想法将他与恐慌一起拽下水。但当他失去立足点的时候,他没有下沉。他打着水,用一只胳膊划水,用另一只拉着劳丽塔。

"用你的腿打水，劳丽塔，同时用你的胳膊划水！"

在海浪与海浪之间一个长长的间歇里，内夫塔利又找到了沙地，他望了望。他的眼睛模糊了，因而他抬起一只手为眼睛遮阳。远在潮水的波澜之外，一场不太可能的船赛出现在他眼前：他毛茸茸的绵羊在海上浮动摇摆；那个马普切男孩正在仰泳、挥手；两只天鹅正一前一后地游着；奥古斯都，这个快乐的漂流者，漂浮在一个用书做成的竹筏上，无忧无虑的；还有一艘划艇，里面载满了灿烂的花。

下一波海浪已经涨至顶点，内夫塔利俯身躲进海浪里——牵着劳丽塔一起。接着，他又搜寻起了漂浮大游行，可他只看到厚厚的一层花正沉入海面之下。

父亲已经开始谈关于明年夏天回到萨韦德拉港的事了，还有后年的夏天。内夫塔利可不愿去想等他长大一些后，他还需要游多远。下一波海浪把他拍倒了，冲开了他和劳丽塔牵着的手，还把他冲进了一股激荡的白色湍流中。他屏住呼吸，让自己稳定下来，这时他感受到了一种奇怪的浮力,仿佛下面有什么东西在竭力让他漂浮起来。

他火急火燎地找到劳丽塔,把她揽在怀里。内夫塔利颤抖着,却不是因为害怕。这一次,他发抖是因为咬牙切齿的愤怒。

父亲错了。

他已经改变了。

内夫塔利下定决心,他会回到萨韦德拉港。但今天过后,他再也不会踏进大海一步,无论父亲说什么或做什么。内夫塔利喜欢大海的声音。他爱海浪所给予的一切。他爱海洋的气味,以及咸湿的空气的味道。但这就足够了。他紧紧拉着劳丽塔,朝岸边走去。

父亲摇着头,一脸不悦,朝度假屋走了回去。母亲给劳丽塔裹了一条毯子,便带着她一起离开了。母亲同样也在为长途回家的旅行做准备。

没有了他们,内夫塔利便在这里漫步闲逛。他找到了一根木棍，在潮湿的沙滩上，他大胆地写下了一个个巨大的词语。

内夫塔利丢开木棍，体会到了一种罕有的感觉——他是这一切的主人。他张开双臂，细细倾听着海洋的雷鸣般的掌声。他深深鞠了一躬，现在海洋是他的观众。

父亲的哨声在远处发出了尖利刺耳的声响。

内夫塔利开始从沙滩上往回走。一块石头吸引了他的注意。他把它捡起来。它很光滑，呈银灰色，平平的，状似一颗完美的心。他整个夏天所搜罗的东西都没有这块石头独特。内夫塔利把它塞进自己的口袋里。学校还有几周就要开学了，也许他会鼓起勇气，将这块石头送给一个朋友，甚至是布兰卡。

他跑到山顶，俯瞰着。

海浪此起彼伏。

一点一点地，一个字母一个字母地，大海将沙滩冲刷干净了。

海浪将会把

这些被遗弃在斑点满布的沙滩上的残骸,

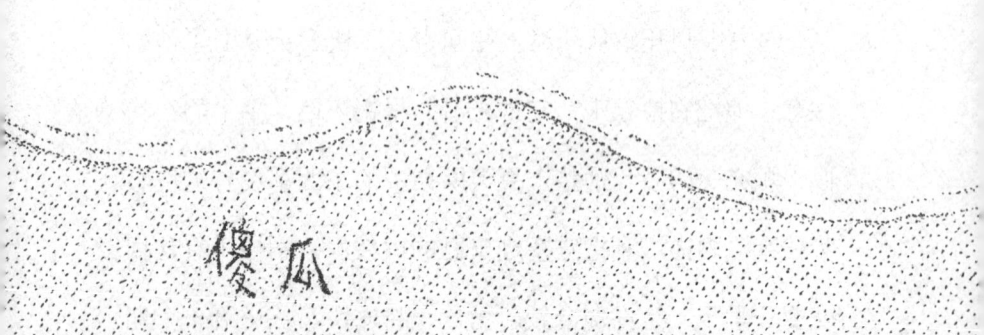

傻瓜

一事无成

毫无用处

带往何处呢?

狂热者　　　　　　　白日梦家

　　心　不　在　焉

　　　　愚　蠢　的

我是诗,

环绕在追梦者的周围。

总有那么一刻,

我会捕捉到一个灵魂,

驯服

一支不情愿的钢笔,

成为

这位作家仅有的前路上的

一呼一吸。

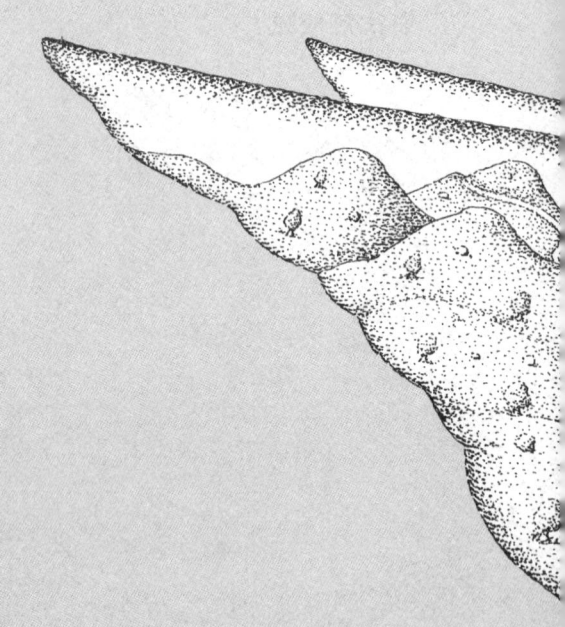

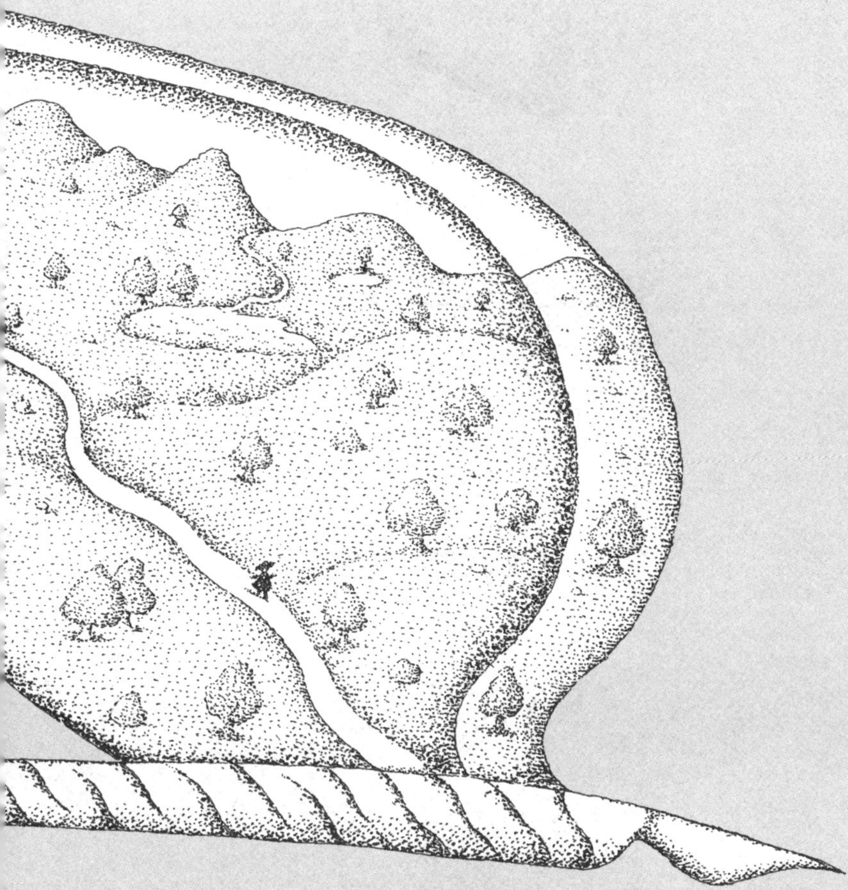

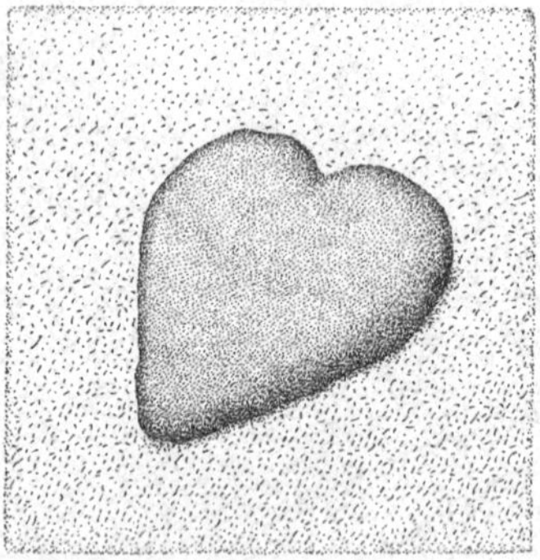

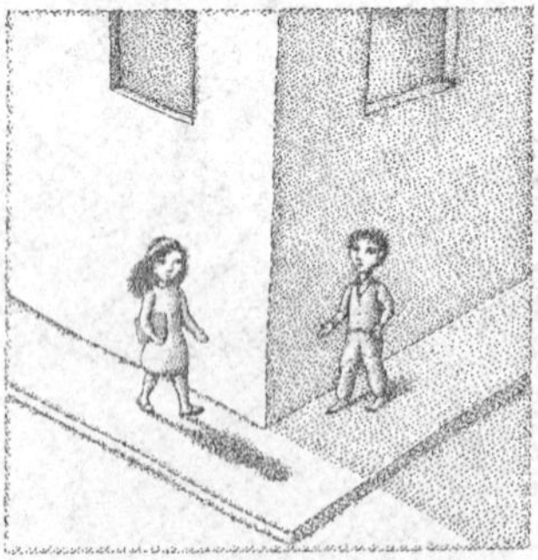

LOVE
十 爱

从学校沿着河岸回家的路上,内夫塔利在他的本子上涂画着什么。每走几步,他都会停下脚步,抬眼看看,好避开河畔那些纷纷扬扬的秋天的落叶。

"嗨!胫骨!等等!"

内夫塔利站住,转身看到了吉列尔莫跟在他身后。之前有好几年,内夫塔利都在躲避这个爱欺负人的家伙。吉列尔莫想要干什么?尽管现在内夫塔利已经十一岁了,却还是班里最瘦、身体最虚弱的男孩。他不愿去想,吉列尔莫的一拳会把他打成什么样。内夫塔利把本子卷进口袋里，用外套裹紧自己，匆忙离开了。

"站住！"吉列尔莫嚷嚷道，举起了一只拳头。

内夫塔利跨过湿漉漉的河堤，却犯了一个错误，他不该回头去看，去判断他们二人之间的距离。他失足了，摔倒在地上，他感觉自己的呼吸都消失了。他坐起来，蜷缩着，过了一会儿，他的肺终于又有节奏地起伏，可以呼吸了。当他站起来时，吉列尔莫抓住了他的胳膊。

"你现在打算听我说了吗，胫骨？"

内夫塔利扮了一个怪相，点点头。

"我需要帮忙。"吉列尔莫向左右两侧各瞟了一眼，想看看周围是否有其他人在，"你需要做的，就是在你的本上写点东西。今天，一个老师在学校里所有的同学面前读了你的一篇作文，还说你在文字上有天赋。"他把手放在内夫塔利的脖子上，把他一把拽过来，就好像内夫塔利是他的朋友似的，"听好了，我要你帮我写一封信，给一个女生，然后写上我的名字。"

内夫塔利困惑地盯着他。难道吉列尔莫不是要揍他？"我不——不明白。"内夫塔利摇着头说。

吉列尔莫冲着内夫塔利的脸握起了一个拳头。

写一封信可远比挨一顿毒打要少许多痛苦。内夫塔利点头说："你想让我跟——跟她讲些什么？"

吉列尔莫摊摊手。"我不知道，就跟她说些女孩爱听的话。还有不许跟任何人提起这件事。在明天早上上学之前，把这封信拿给我。对了，胫骨，一定要打动她。"吉列尔莫转身离开了。

"等一下，"内夫塔利说，"这个女孩叫什么名——名字？"

吉列尔莫看向地面，踢着落叶。"你认识她。布兰卡。"

布兰卡？

他看着吉列尔莫悠闲地走远。内夫塔利坐在河岸上，凝视着河水。

他的布兰卡？

他一路跑回家，猛地闯进门，对这屋内的丝丝暖意心怀感激。谢天谢地，几小时之内，都不会有人回到家。母亲带着劳丽塔去找巴莱里亚玩了，鲁道夫和父亲则在镇上。

内夫塔利脱下大衣，摘掉帽子，把它们挂在加热器旁边，然后匆忙进入他的房间。他仔细观察着他那排列整齐的收藏品，然后他拿出那块心形的石头，在手指间揉搓。要是写给其他人，而不是布兰卡，那该多好。

内夫塔利飞快地开动脑筋。要怎样才能逃脱吉列尔莫强人所难的要求？他把石头放回原处，摇了摇头。这封信是无法避免的。如果他交不出这封信，吉列尔莫就会一直纠缠他，直到他完成为止。而且如果这封信无法打动布兰卡，吉列尔莫定会让内夫塔利的生活苦不堪言。他该怎样开始写呢？他并不知道如何去写一封情书，他也从来没有读过一封情书。于是，他记起了在行李箱底下的那捆明信片和信件。

内夫塔利走到大客厅，在行李箱旁跪下来，抚摸着弯曲的箱盖、橡木捆带以及皮革把手。当他还小的时候，母亲曾让他许下诺言——永远不会再靠近这个箱子。但他现在长高了，也有了足够的力气抬起箱盖。他偷偷向窗外看了看，确认没有人回来后，便解开了弹簧锁，抬起了箱盖。他一边闻着雪松木的味道，一边移开了衣服、帽子和吉他。倍加小心地，他轻轻拿出了那捆书信，解开了绑带。

所有的卡片和信件都来自一个名叫恩里克的男人，并且都是寄给一个名叫玛利亚的女人。恩里克诉说着他是多么希望玛利亚可以站在他的身边，与他一同置身于遥远国度的一座城堡之中；他们的爱多么像穿梭于遍布他足迹的座座古老石桥下的河流；还有她远比任何他曾见过的衣着华丽的女人都要美丽。

恩里克的笔迹很讲究，有流畅的连笔曲线和花体的字母装饰，他的用词也同样别致。他在字里行间诉说着他是如何迫不及待地想再见到玛利亚，以及他对他们未来的企盼和希冀。

内夫塔利读完每一封信和每一张卡片后，又全部通读了一遍。他是否也能写出这样的字句？他笔下的文字是否也会让人难忘，以至于被某个人拿来收藏呢？他将绑带缠绕在信件和卡片上系好，把它们重新放回行李箱，再把之前的衣物叠好摞在上面，最后合上箱盖。

整个下午他都坐在自己的书桌前，盯着家庭作业，但他并没有在想数学。他在思考什么是爱。他在一张纸上写下了amor[1]这个词，一遍遍地读着。他将纸折了起来，把它和自己收藏的其他词语一并放进梳妆台的抽屉里。然后他开始等待，可抽屉并没有打开，词语也没有把它们自己编排进感性的语句里。也许如果他先练习一下给家人写一张表达爱意的便笺，再给布兰卡写信就会简单许多。

内夫塔利喜爱谁呢？

他爱芳丽塔。

他爱舅舅奥兰多。

---

[1] amor为西班牙语名词，意思是爱。

他爱鲁道夫。

他知道，他应该爱父亲，所以他也爱父亲。

他爱母亲。爱她是最无可争议的，因为她是他的世界里最和善的人。

当内夫塔利想到母亲时，便想到母亲曾为他做过的一切，感恩的心情涌上了心头。他提起笔，开始写下让他想起母亲的词语。片刻后，内夫塔利的文思如泉涌一般。

他深吸一口气，感到一种奇怪的满足感。他想要和别人分享刚写下的这首诗。他望向窗外。从他回到家之后，已经过去多久了呢？肯定已经有好几个小时了。他听到了声响。内夫塔利突然站起来，跑去找母亲。她和父亲正坐在餐厅里喝咖啡。

内夫塔利在门廊那里等着，直到父亲示意让他过去。他的手掌汗津津的，双手也在哆嗦。终于，他拿出了那张纸。

父亲读着那张纸，但他并没有将它传给母亲，而是递给了内夫塔利。他说道:"这是你从哪里抄来的?"

"我写的。我没—没有……"

"那好,现在你真是变成傻瓜了吧?等有一天你需要一份工作来填饱肚子时,你就会后悔自己挥霍掉的时间。回去学习去。"

内夫塔利离开时,看了看母亲。她冲他勉强地微微一笑,没有说话。如果父亲不在,他就会给母亲看他写的那首诗。

回到自己的卧室后,内夫塔利呆坐着,盯着一张白纸,这张纸将要变成给布兰卡的一封信。他起身,在房间里踱着步,揉着自己的太阳穴。恩里克写给玛利亚的情书是很直白清晰的,仿佛就是恩里克的心在大声告白。他想知道,吉列尔莫的心里在想些什么,他摇了摇头,没有任何头绪。他只知道他自己的心里装着什么。突然,一股词语汇集起来的力量向他袭来,让他无法摆脱。他坐下来,动笔写道:

亲爱的布兰卡……

他用自己的情绪填满了整封信——对她的美丽、她的眼睛和她甜美声音的赞美之词。他倾诉着他是如何在远处钦慕她，还有他是如何胆怯，不敢上前和她搭讪。当他写到这封信的结尾处时，他顿住了。这些都是他的想法，他的字句，可他还是极不情愿地署上了吉列尔莫的名字。布兰卡会把内夫塔利的爱慕当成是吉列尔莫的爱慕。他轻揉着他那隐隐作痛的胸口。

~ ~ ~

第二天放学后，内夫塔利不愿看到吉列尔莫把那封信递给布兰卡或是布兰卡的反应。要是布兰卡把信丢到吉列尔莫脸上怎么办？吉列尔莫会报复他吗？内夫塔利动作迅速地径直穿过小镇回家去了。

往回走时，他听到了身后的脚步声。那封信肯定失败了。那些语句的情感肯定太强烈了，或者不够强烈。父亲是对的，他是个傻瓜。现在吉列尔莫就要对他拳脚相向了。他的身体里又暗涌起同样的恐惧，就和之前父亲逼迫他到海水里时的感受一样。他并未转身,而是加快了步伐,但后面的脚步也加快了。他转过一个街角,把自己抵在一个门廊内,心怦怦跳着。

过了一会儿,他回过神来,发现自己和布兰卡正面对面。

他的胃里一阵翻涌,他的脸颊微微发烫。

"今天我收到了一封信。"布兰卡说。

他不敢去看她,他的眼睛全神贯注地盯着地面。

"是吉列尔莫给我的。"

内夫塔利觉得自己可能要吐出来了。

"只是,吉列尔莫几乎不能将两个词拼到一起,而你很有这方面的才华。"

内夫塔利冒险微微抬起了他的目光。

"你写的这封信,对吗?"布兰卡问道,她咬着自己的嘴唇,有些忸怩地轻轻摆动着身体。

内夫塔利点点头。

"我就知道。劳丽塔总是跟巴莱里亚和我说起,你在写作上能拿到最高的分数。"

内夫塔利希望自己可以缩成一只昆虫的大小。他感到头晕眼花,像被人猛拍了一下黏湿的后颈似的。他飞快地瞟了一眼布兰卡,又看向地面。

布兰卡笑着,伸出了一只手。在她的掌心里,有一颗榅桲果[1]。"给你,"布兰卡说道,"我喜欢你的字句。我想要读更多。"

内夫塔利拿走了榅桲果,仍旧不敢看向布兰卡。他只盯着这颗黄色的、梨形的果子。

布兰卡等着他的回应,用鞋子摩擦着地面。"我保证不告诉吉列尔莫我知道是你写的。"

内夫塔利快要无法呼吸了。一个大人直视他的眼睛已经让他很难熬了,而一个女孩——尤其是这个女孩——让他的肺感到它们对他的身体来说已经不够大了。内夫塔利的胸膛因为一股疼痛而肿胀,可这一次却溢满一种不同寻

---

[1] 榅桲,一种落叶小乔木。果子呈梨形,黄色,有香味。

常的幸福感。

他绕开布兰卡,跑回了家。他跟着自己脑海里不断重复的那句话的节奏:我喜欢你的字句。我喜欢你的字句。我喜欢你的字句。

他并没有吃那颗椴椁果,而是把它放到了他的收藏品中。他不在意这颗果子很快就会干瘪,因为布兰卡碰过它。他拿起了那块心形石头,把它摆在这颗果子旁边。也许,这颗能唤起她的友善的椴椁果,会给予内夫塔利同样的自信,让他在未来的某一天,将他的这块心形石头送给她。

~ ~ ~

每个星期,内夫塔利都会给布兰卡写一封信,署名吉列尔莫。放学后,他从远处望着吉列尔莫将信封递给布兰卡。他看到她礼貌地微笑,说着谢谢。他看到她在吉列尔莫走出视线后,便转身望向——内夫塔利。

内夫塔利在学校操场上等着,直到他看到她的眼睛找到了他。直到那时,他才低头跟着她,朝家走去。她总是走得很慢,有时停下来,好让他跟上来,这样她就能悄悄地再塞给他一颗榅桲果了。不过,仍和往常一样,内夫塔利从不作声。他飞快地跑开,去给自己的收藏品再加上一颗榅桲果。

~ ~ ~

在布兰卡送给内夫塔利第五颗榅桲果的那个下午,他到家后,发现劳丽塔交叠双臂趴在桌子上,她的头耷拉在手臂上。她在哭泣。母亲坐在她身边,轻抚着她的背。

"怎么了?"内夫塔利问道。

"劳丽塔有些伤心,因为巴莱里亚和她全家要搬走了。她叔叔生病了,所以她父亲必须马上动身去接管他在安托法加斯塔[1]的生意。巴莱里亚和布兰卡还有她们的父母明天会坐早班的火车离开。"

劳丽塔抬起头,啜泣着。"巴莱里亚是我很……最好……的朋友!"她的头又垂了下去。

---

[1] 安托法加斯塔是智利北部最大的城市,太平洋岸港口,被称为北方明珠。

母亲抚摸着她的头发。"明天一早,我们会去车站道别。让我们想想,可以送给她什么,能够让她记起你。"

"我想要她永远永远记住我!"劳丽塔哭着说道。

"我懂。我懂。"母亲说道,"我们会想出一些非常特别的礼物的。"

内夫塔利由着母亲安慰劳丽塔,他回到了自己的房间。他坐在床角,捂着自己的胃。难道有人在他不知道的情况下打了他吗?安托法加斯塔远在智利的北边,离特木科小镇大约一千英里。有很大可能,他再也见不到布兰卡了。他注视着连成一排的楤梓果,又看向自己手里拿着的这一颗。突然间,他也急迫地想要确保布兰卡永远不会忘记他。

他在自己的收藏品中找到了那块心形石头,拿着它来到窗边,向外眺望着。一辆四轮马车从街道上驶过,掀起了一阵尘埃。在棕色的薄雾里,在清晨的车站月台上,他走向布兰卡。他们的目光交汇。他迂回地穿过人群,直到来到她身边,将那块石头塞到她的手心里。她从他那里接过石头，便不知所措地抱住他，亲吻他的脸颊。他们许诺彼此互通书信，每个星期写一封，直到永远。布兰卡登上火车，向他挥手，向空中飞吻。他也挥着手，直到火车最后一节车厢变成小斑点，最后消失不见。只有到了那时，他才会费力地穿过人群，走回家去，无视每个人好奇的目光，哪怕是吉列尔莫的。

内夫塔利离开了窗边，一遍又一遍地翻转着手中的那块石头。之后，他把它放进口袋里，等着明天清晨到来。

~ ~ ~

这一天到了。内夫塔利穿戴好，焦虑地望向窗外，那个场景缓缓地在火车月台上拉开序幕。乘客和前来为他们送别的人群聚集在一起。布兰卡和她全家都到了车站。母亲和劳丽塔在跟他们打招呼，内夫塔利的一些同学也在和他们打招呼，包括吉列尔莫。内夫塔利看到大家都围着布兰卡的父亲，握着他的手，拍着他的后背。他还看到女人们亲吻着布兰卡的母亲，一些人还把用纸包好的面包和甜点塞进她为旅途准备的食篮里。劳丽塔拉着巴莱里亚的手,两个小女孩都戴着彼此交换过的围巾。

当火车进站时,人们把他们一家的行囊搬上火车。在最后的时刻,在布兰卡登上火车之前,劳丽塔跑到她身边,在她耳边悄声说着什么,然后将一块小石头塞进她的手里。布兰卡看了一眼那块石头,抬起了头,在人群里搜寻着。最终,她放弃了,登上了火车。

在一面窗帘的后面,内夫塔利望着蒸汽从一组火车头上升起。

他望向火车,在它嘎嚓嘎嚓地驶离车站的时候。

他望向火车,直到连最后一节车厢的影子都望不到为止。

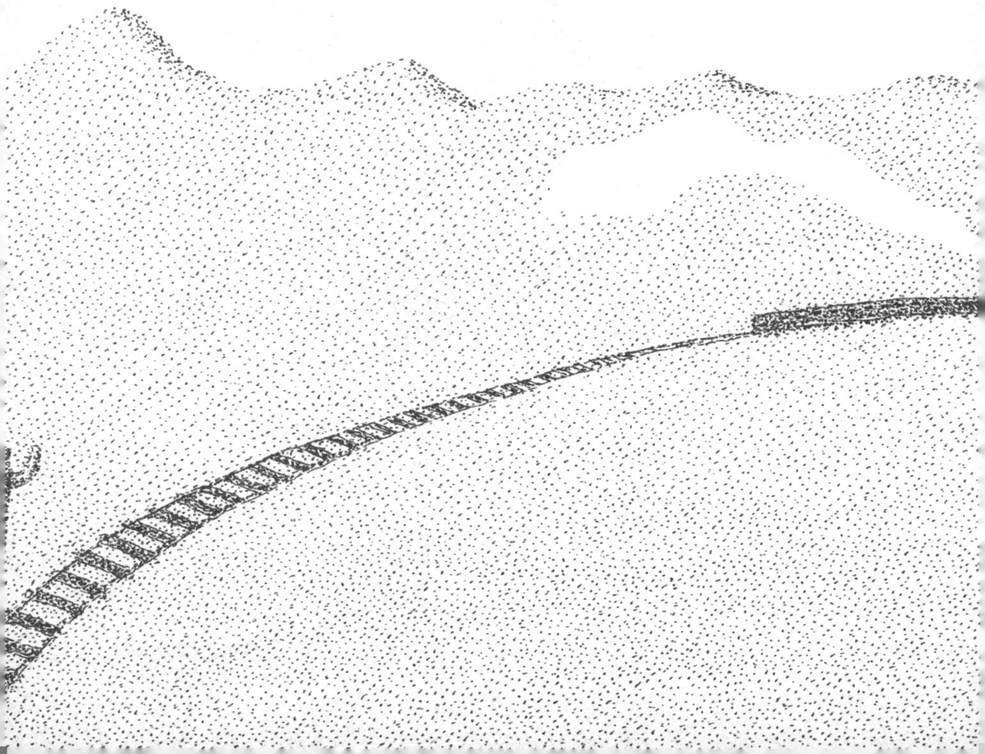

是谁在编织那张精心设计的

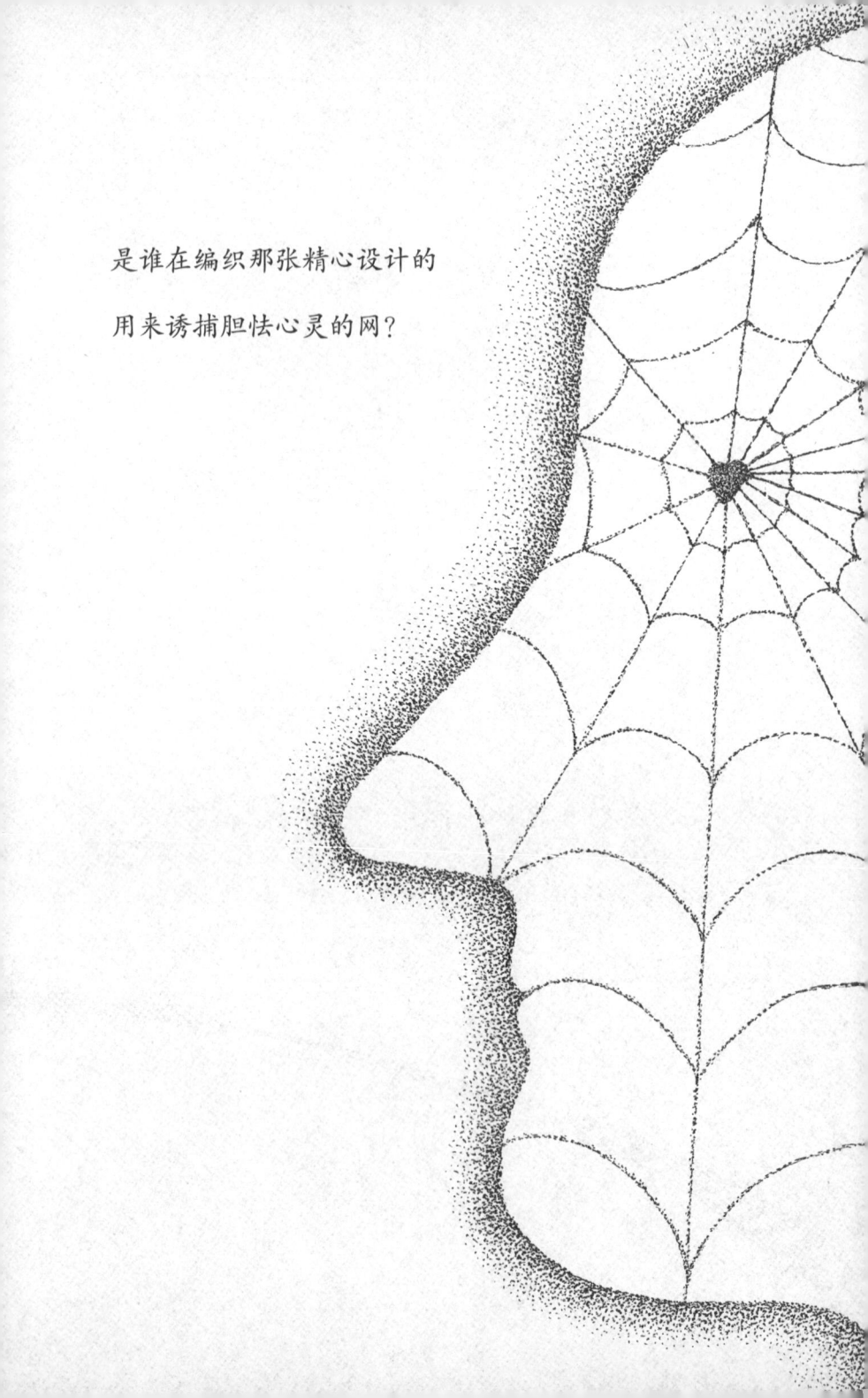

用来诱捕胆怯心灵的网?

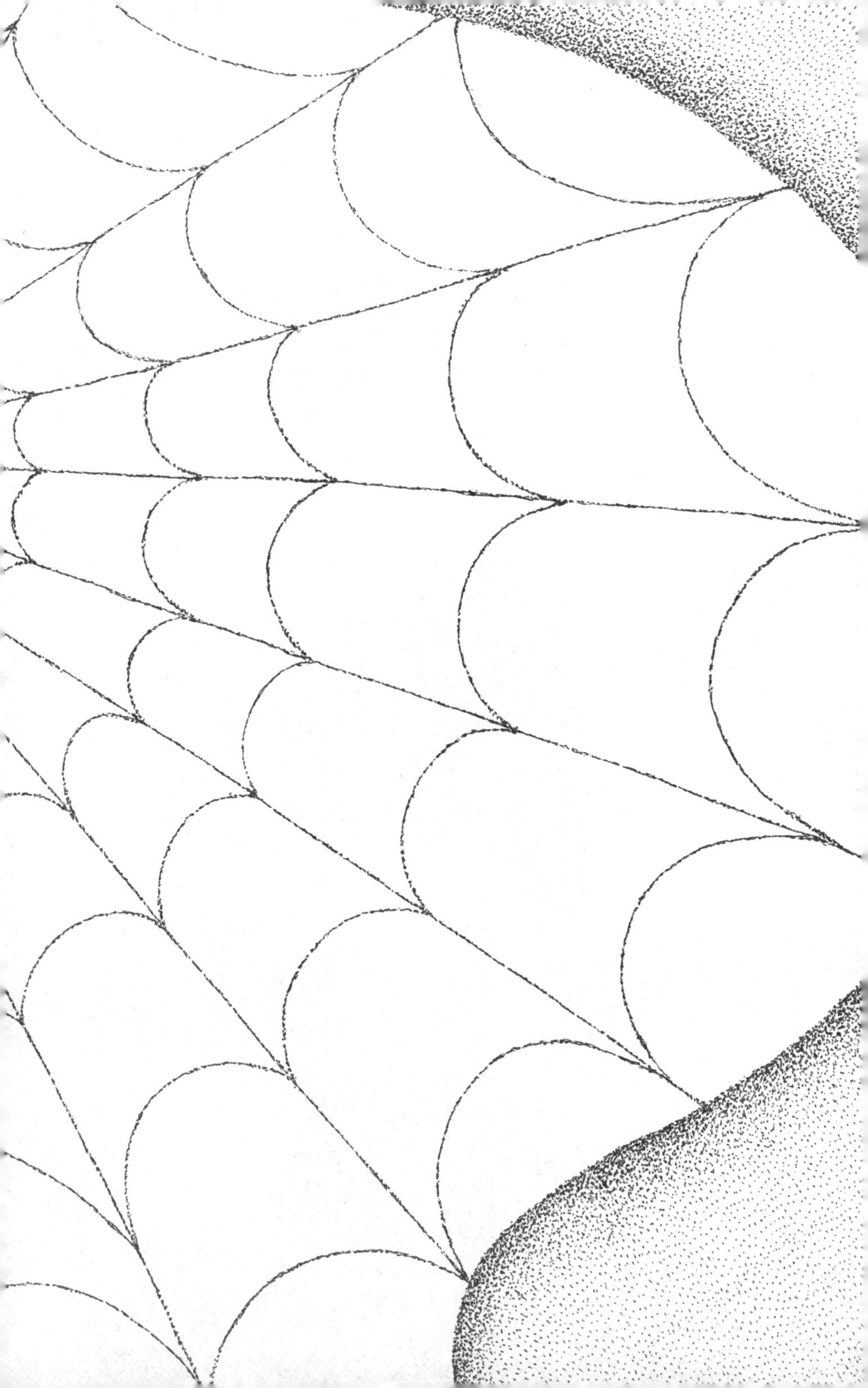

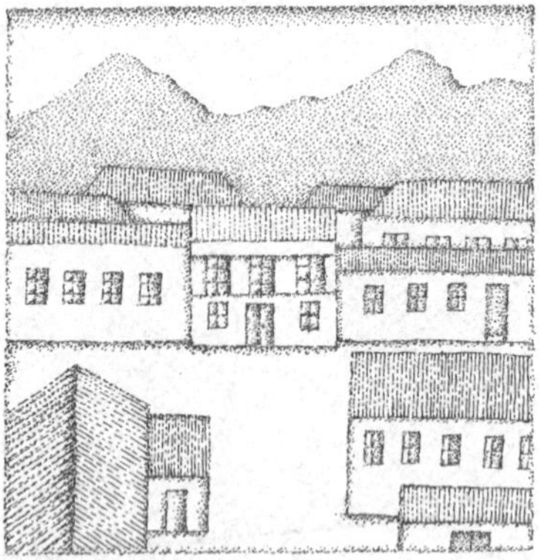
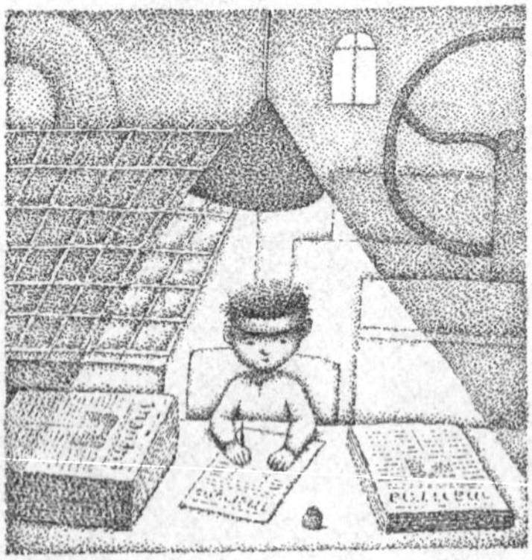
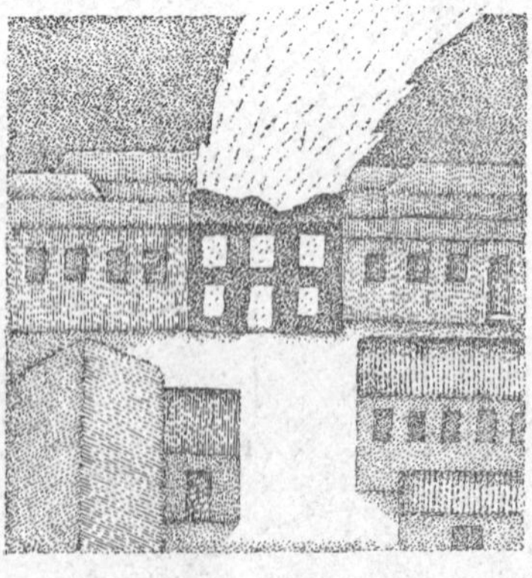

PASSION
十一 热情

在特木科小镇，在内夫塔利的房间里，滴滴巨大的震耳欲聋的雨珠落下，噗呖、噗噜、啪嗒。

窜鸟先生在内夫塔利收藏品中的豆荚和球果中轻灵地掠过，叫着它自己的名字。

一波海浪拍打在窗上，海浪激起的泡沫溅进窗内，滴落在窗台上。

内夫塔利试着入睡，但每当他辗转反侧时，声响就越大。他是过于担心明天吗？以至于不能够控制好自己的思绪。

他凝视着房间。看到或者听见大海的声音都不会使他诧异，因为他刚从萨韦德拉港回到家，这已经是他第三次在那里消夏了。还有他的老朋友——雨，雨可是特木科小镇的一位永久居民了，在他心里也是。然而，这位老朋友不能给予他一夜平和与宁静吗，非要给予他焦虑？

窜鸟反而惊着他了。尽管他曾多次随父亲回到过森林里去，并且听到过这种鸟的叫声，他只在八岁时见过一次这种鸟。而现在，一只窜鸟就在他的房间里。它来这里是向内夫塔利预警他的命运吗？它鸣叫时是在内夫塔利右侧还是左侧呢？

倍感不解的内夫塔利将毛毯拉过头顶，想要躲进床垫里。虽然他现在已经十三岁了，个子也高过鲁道夫了，但他仍然非常瘦弱，几乎很难在床上留下一道压痕。

最后，他放弃了睡觉，把毯子扔到一旁，容许雨滴、窜鸟先生以及海浪的荒唐行为。在一个书架上，他从许多书中抽出一本，读了起来。但书页上出现的唯一一句话是：

明天会发生什么？

~ ~ ~

第二天下午，在舅舅奥兰多的报纸办公室门前的走道上，内夫塔利来回地踱步。他一只手捋着头发，另一只手则紧紧攥着一个笔记本。内夫塔利擦拭又甩掉他额头上黏湿的汗水，之后才发觉，自从两年多前他站在布兰卡面前因为那些信而接过楙梓果后，他就再没像这样紧张过了。虽然他面对的只是舅舅奥兰多，可这并不重要，因为这仍旧意味着要和一个将要判定他价值的人来一场四目相对。

至少他面对的不是父亲，父亲仍在告诉每一个人，内夫塔利将来有一天会成为一位医师或是牙医。父亲越坚持，内夫塔利就越明确地知道什么是他不想做的。

在即将离开萨韦德拉港之前，他甚至和奥古斯都讨论过他愈发严重的焦虑，奥古斯都告诉他："对于自己真正热爱的事情，总会找到一个办法去做的。"

门开了，舅舅奥兰多探头出来，"内夫塔利！是你啊。

为什么在我办公室门口走来走去呢？快进来。"

内夫塔利长吁了一口气。当他走进办公室后，他试着去想舅舅奥兰多会对他想问的事作何反应。之后，他还设想了父亲的反应。

舅舅奥兰多回到了办公桌前，开始给稿件分类。

内夫塔利深吸一口气。

舅舅奥兰多抬头看了一眼，"外甥，你看起来像随时会晕倒一样。快坐下。"

内夫塔利坐了下来。

"你为什么这么紧张？"

"我想请求您一些一些事情。两件事。"

舅舅奥兰多倾身向前，他的眼睛关切地看着他。

"好的……"

"记得我小时候，您说过有一天我可以为您工作……"

舅舅奥兰多向后靠在他的座椅上，仔细打量着内夫塔利。"你现在多大了？要十四岁了？"

内夫塔利点点头。

"那好……你已经长大了。这会是一个不错的经历。不过,这得在你放学之后。而且,我只能支付给你很少……"他笑道。

"这都没关系。"内夫塔利说。

舅舅奥兰多的脸变得严肃起来。"但有一个条件,我们必须征得你父亲的同意。"

内夫塔利的笑容消失了,他的肩膀垂了下来。"我懂了。"

舅舅奥兰多缓缓地点头,"让我想想……今晚你家里会有非常多的一群人,对吗?"

内夫塔利点头说道:"昨天深夜,父亲在长途出差后回来了。就连鲁道夫都会在家里待上一阵子。"

"那何塞应该会心情大好。让我找个恰当的时机问问他,你是否可以为我工作。好了,你说你想请求我两件事情……"

内夫塔利拿出他的笔记本。"这是我写的一篇文章，要拿去参加男校和女校里所有年级的比赛。他们会把第一名的文章刊登在学生报纸上。明天我必须交上去了，我在想能不能先请您读一下，给我一些建议……"

舅舅奥兰多把笔记本拿了过来。"这是我能够为一名有前途的雇员所做的最微不足道的事了。我去吃晚饭的时候会把这篇文章还给你。我很想见见鲁道夫，他还满意他在圣地亚哥[1]的新工作吗？"

"我不清楚，"内夫塔利说，"我们不常见到他，当我们见到他时，他也不怎么说这些。我想一想念他。"

"生活就是这样。他现在是个大人了。"舅舅奥兰多的脑袋朝门边歪了一下，示意道，"我肯定，你母亲和劳丽塔需要帮手。你先走吧，好让我忙完工作，不然我就没时间读你的文章了。"

往家走时，内夫塔利努力地思索一个能让父亲同意的

---
[1] 圣地亚哥是智利的首都，南美洲第五大城市。

恰当时机。然而，他无法想出会有那样一个时机。

他所能想象出的只有一个威风凛凛的身影，那身影披着一个深色的斗篷，正挡着他的去路。

那一晚，喝酒、谈天以及食物都很让人满意。内夫塔利在等鲁道夫，可当他到家时，他却和所有商人郑重地一一握手，打招呼，然后又同他们凑在房间的另一边讨论着什么。他们穿着深色的西装，脑袋上下点来点去，看起来就像一群有着黑色翅膀的秃鹫。

终于，内夫塔利引起了鲁道夫的注意。内夫塔利举起手，打着招呼。他的哥哥点点头，随即又回到那群人中了。

当每个人都在餐桌前落座后，父亲指着那个唯一的空座位，也就是内夫塔利身边的那个座位，问道："奥兰多去哪儿了？"

"他捎信来说他耽搁了。"母亲说道。

失望压迫着内夫塔利。他抿了抿他的汤。要是舅舅奥兰多不喜欢他的文章该怎么办？他小口地吃着烤鸡肉，就吃了几口。如果舅舅不喜欢他的文章，还会认为内夫塔利有资格为他工作吗？他还会尝试着去请求父亲的准许吗？等宾客们吃完正餐、母亲起身去厨房准备甜点时，内夫塔利已经确信，舅舅奥兰多根本不会来了。

终于，他听到门口传来两下叩门声，没过一会儿，舅舅奥兰多就出现了。内夫塔利感到安心了，但同时他身上的每一块肌肉都紧绷着。

舅舅奥兰多向每个人点头示意："我为我的迟到致歉，但我一直忙着将报纸付印。"

"告诉我们新闻吧，"一个店主说道，"这样在报纸还没拿到手之前，我们就可以传播新闻了。"

每个人都笑起来。

"没有什么新闻，"舅舅奥兰多说道，"天气。婚姻。又一个马普切人被杀害了，就因为他不愿离开自己的家园。对于你们中的一些人来说，这不算什么新闻，因为你们牵连其中，即使是间接的——通过那些惨无人道的行径。但是，那些行径要到此为止了。有一个新消息，一个新团体已经形成了，它会代表马普切人在小镇集会上发声。"

"噢。多新鲜啊！"那位店主又说道，"开发者创办越来越多的产业，也就创造了越来越多的工作。然后，你因为几个非法入侵的马普切人就控诉。"

"他们在自己的土地上。"舅舅奥兰多说道。

"那是有争议的。"店主表示道。

内夫塔利烦躁不安。这会是另一场争吵的开端吗？

舅舅奥兰多向前一步，又要开口讲话，但旋即顿住了，似乎是想起了什么。他笑着对那位店主说："今晚，我无心争吵。但只是今晚。相反，承蒙惠允，我想同你们分享一篇即将刊登在明天报纸上的文章。"

一阵载着期待的低语声萦绕着餐桌。

当所有的目光都落在他身上时，舅舅奥兰多清了清喉咙开始读道："热情与毅力……"

内夫塔利的眼睛睁得老大。他听准了吗？那是他的文章标题。他感觉胃里像有许多石子在里面翻腾一般。当舅舅奥兰多念他那篇关于追求梦想的重要性以及保持坚定信念的文章时,他环顾四周。当舅舅奥兰多读到著名的探险家们毅然挺进新世界并攻克了所有障碍时,内夫塔利看到每个人的眼睛都集中了注意力。

舅舅奥兰多带着他声音中的坚定继续读内夫塔利的文章中的引言——这些航海家是有决心和恒心的豪杰。

当舅舅奥兰多快读到文章的结尾时,他的声音变得更加平和,也放得更缓了。最终,他以有些感伤又有见解的注释作了结尾:"诸如哥伦布[1]、马可尼[2]以及其他许多榜样是不该被遗忘的,因为有了他们的指引,我们会度过更令人钦佩的一生,而如果没有他们的存在,我们就无以信奉。"

接下来是一个停顿,然后是一阵安静。内夫塔利低下

---

[1] 克里斯托弗·哥伦布(1450—1506),人类历史上最为出色的航海家之一,发现了新大陆。
[2] 伽利尔摩·马可尼(1874—1937),意大利实用无线电报通信的创始人,1909年获得诺贝尔物理学奖,被称为"无线电之父"。

头。他们肯定不喜欢这篇文章。

突然,所有人都鼓起掌来。内夫塔利望向每一个人,在他们眼中看到了赞许,就连父亲也在微笑着鼓掌。

"告诉我们,"一位客人说道,"这是谁写的?"

内夫塔利努力地控制自己不均匀的呼吸。

"是一个只有十三岁的少年,是一个我希望不久后会为我工作的人。"舅舅奥兰多将他的手臂挥向内夫塔利,"正是我们的内夫塔利·雷耶斯。"

"祝贺啊!"劳丽塔呼喊着。

"是的,祝贺啊,"那位店主说道,"相当令人钦佩。"

内夫塔利的双手抖得很厉害,以至于他握紧了放在膝盖上的双手。他怎么会在如此自豪的同时还充满了恐惧呢?

内夫塔利抬头看了一眼,发现父亲正眯着眼,用严厉又奇怪的表情盯着他。

内夫塔利立刻收回目光,盯着自己的餐盘。

父亲清了清喉咙,用非常欢快的声音说道:"我很高兴,大家都很满意这次款待。"

内夫塔利抬起双眼。父亲看起来并不高兴。

"何塞,"其中一位宾客说道,"我没有想到,你的儿子这么有天赋。"

"这只是个爱好,"父亲用一种短暂的、轻蔑的语调带过,"无聊的玩乐之举,别无其他。我们说些别的吧。"

"他会是我的一个得力助手,"舅舅奥兰多说道,"况且他放学之后也可以打份工,不是吗?来帮忙攒大学的学费。"

父亲的脸因为怒气而变得发红,"他念大学的时候,我会贴补他,如果他学的东西能找到一份受人尊敬的体面工作。"

"但零用钱贴补不了他所有的开销啊,"鲁道夫说道,"如果在报社工作,内夫塔利就可以自己赚钱买书了。"

内夫塔利出乎意料地看向桌那边的鲁道夫。一整晚,他都没有跟内夫塔利说过一句话,现在却在帮自己申辩。

"这绝不可能，"父亲说，"眼下他需要把所有的闲暇时间拿来学习，这样才能保证考入大学。"

"他的成绩是全班最好的……"鲁道夫说，注视着弟弟，他的头突然朝父亲的方向轻微地斜了斜，似乎在怂恿内夫塔利说些什么，"难道不是吗？"

内夫塔利脱口而出："除了数学之外，都是最好的成绩，不过我保—保证会提高我的成绩，不让—让我在学校的成绩变差。"他不敢相信，自己居然对父亲说出了这番话。这些话是从哪里来的？

父亲抬起了他的手，但在他还没说任何话时，舅舅奥兰多便说道："大学是三年之后的事。我可以教他使用印刷机，他还可以在报纸运营的生意上协助我。每个人都需要了解生意，对吗，鲁道夫？"

鲁道夫点点头。他的声音失去了原有的活力，轻声说道："就像父亲常说的，'做生意总是有前途的。'我比任何人都懂这个道理。"

这时,母亲走进来,悄悄在父亲前面放了一个平盘。平盘里堆着甜品,那是在香甜的饼干上淋上焦糖酱并撒上糖粉做成的。餐桌上的每个人都注视着这道甜品,满眼尽是期待。

"何塞,"那位店主说道,"你家总是有像这样的趣味和美味啊。"

"那就这么说定了,"舅舅奥兰多说道,"劳驾递一下美味的甜点。"

父亲嘟哝着将这盘甜点递给宾客们,话题也转向了对这令人垂涎的甜点的赞美。

舅舅奥兰多用他的手肘轻轻推了一下内夫塔利。

内夫塔利不敢去看舅舅或是父亲。他看向了鲁道夫,鲁道夫则报以最浅的微笑,但这个微笑却是内夫塔利从未见过的最悲伤的笑容。

甜点的盘子传到了内夫塔利这里,他专注地想该选哪块饼干。吃起甜点的时候,他突然希望能够修改一下他的文章，把舅舅奥兰多和鲁道夫都列在他写的英雄名单里。

~ ~ ~

第二天下午，内夫塔利便开始为舅舅奥兰多工作了。

两个月后，他掌握了如何使用印刷机。他的手指沾染上油墨，都变黑了。从机器上拉出湿热的纸张时，他的围裙也蹭脏了。印刷机坚定有力的歌声嵌入他的脑海：

咔哒喀啦，咻啊。

咔哒喀啦，咻啊。

咔哒喀啦，咻啊。

就连印刷机不印刷时，他也听得见这个声音：在他把金属铸字模子分好类放到印刷机的抽屉里时，在他外出跑腿办事时，甚至还有现在——在结束漫长的一天，他吹着口哨打扫时。

内夫塔利希望自己的另一篇文章也可以在不久之后登上报纸，舅舅奥兰多答应过他，但他最近几周一直非常忙，内夫塔利也就没有为此打扰他。除此之外，他有些担心舅舅古怪的举动：冲进办公室又冲出，从来不说他要去哪里；让内夫塔利去给这个或那个人送信，并且让他发誓，不对任何人提起此事；天黑之后，他会在街对面的角落里和人碰面，而且是在雨里，不是在办公室里。

咔哒喀啦，咻啊。

咔哒喀啦，咻啊。

门被推开了，舅舅奥兰多冲了进来。他把门砰地关上，又开始去关一扇扇窗。他的额头皱了起来，声音也紧张起来。"内夫塔利，摆好几把椅子，再用毯子把窗户遮起来。"

"为什么?"内夫塔利问道。

"那个新团体已经变成马普切人想要组织一场抗议开发者的活动的提倡者,他们今晚需要一个地方见面,所以我提供了这间办公室。几个小时后,他们就会来这里。也许一个规模更大些的团体发声会有益处。不过,内夫塔利,任何人都不需要知道这次会面。"

内夫塔利拿起一块抹布,清理了一下手。"我知道。"

"如果被那些开发者发现的话,"舅舅奥兰多说,"他们会采取什么行动是不堪设想的。他们已经杀了那么多人……"

一份淡淡的、蔓延的担忧开始在内夫塔利的脑海中蜿蜒盘旋。"但你怎么知道每一个来参加集会的人都站在你们这边呢?"

舅舅奥兰多展开一条毯子,递给内夫塔利。"你要站在窗边,如果有任何可疑的人进来就告诉我。还有,如果其中一个开发者派来一个间谍,"他耸了耸肩,"那也是我必须冒的一个险。"

～～～

　　天黑之后，内夫塔利站在窗边，在一条毯子后面向外窥视，保持着警戒的状态。他该怎么将一个开发者同一个关心此事的市民区分开呢？如果他错放一个人进来，会发生什么？还有，如果他给奥兰多舅舅发信号，会发生一场枪战吗？

　　事情并没有内夫塔利想象的那么困难。当人群聚在这间小小的报纸办公室里时，他们看起来可比那些去他家吃晚餐的店主们谦逊多了。他们并非什么店铺的店主，他们是店员。他们并非什么农场主，他们是在野外辛勤工作的人。他们并非什么政客，他们是面包店的师傅，他们是裁缝师，他们是铁匠。

　　尽管开会时，内夫塔利一直留意外面，但他也听到了发生在他身后的每一件事：在谈到马普切人的权利时，舅舅奥兰多那真挚恳切的声音；种种为了和平抗议所拟定的计划；出于对全人类的尊重的共同的强烈呼吁。还有，在会议结束后，大家陆续离开，当他们紧握舅舅奥兰多的双手时，内夫塔利看到了那一张张充满希望的脸庞，他们在向他道谢，也在向他道别。

当内夫塔利帮舅舅收走椅子、撤下窗上的毯子并锁好办公室的门后，他依旧感受得到之前这间屋子里充盈的能量。在他的头顶，群星似乎有节奏地跳动着。天空也感受到这承载着所有美好意愿的抗议行动了吗？

在舅舅奥兰多就要朝另一个方向走时，内夫塔利问道："这么做会管用吗？"

"只要人们无所畏惧，就会奏效，还有，只要他们找到信心去做正确的事。不过，外甥，到了真正发声的时刻，会困难得多。也许上一刻人们还很坚定，下一刻就会很脆弱。然而，这并不总是他们的错。"舅舅奥兰多转过身，随即，几乎是在转念之间，他回身对内夫塔利说道："注意安全。"

内夫塔利挥手道别。在这一刻，他期望，当那个时刻来临时，他可以是坚定的，可他并没有把握。

当他到家时，天色已晚。内夫塔利回到自己的房间。月亮在他那一排排海玻璃、贝壳和昆虫上投下了一缕光，这些宝藏现在都在盒子或钉在墙上的板条箱里陈列着。细树枝、鸟巢还有种荚都静坐在梳妆台里，尽职地展示着自己。内夫塔利拉开底层的抽屉，拿出了那只毛绒绵羊和藏在下面的一个笔记本。月光刚刚好，可以让他清晰地捕捉到留在纸页上的那些多愁善感。随后，他将笔记本放回抽屉，一并把本子的毛绒守卫者放回到它上面。他自己也躺在了床上。

他曾写下过的词语扭动着越出纸外，逃离了抽屉。字母们垒砌堆叠，一个落在另一个之上。它们垒成的词塔越来越高，直到它们高大雄伟地屹立着，将内夫塔利环绕在一座希望之城中。

这时，一个不起眼的、自负的词语走了过来。它就像一只饥饿的白蚁，开始不断地啃咬词塔，咀嚼它的地基，

人类　团结　慷慨　和平　正义　爱

大口吞噬它的纸浆，直到所有的词塔摇晃、倒塌，最后瓦解。

最后，只留下一个又宽又粗又自满的词。

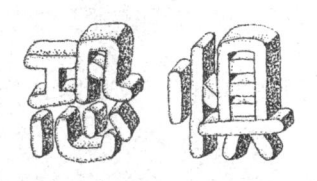

恐惧

~ ~ ~

午夜时，内夫塔利被劳丽塔摇晃醒了。"内夫塔利！快醒醒！"

他在床上坐起来，有些不知所措，也有些困惑。"什么？发生了什么？"

"有个人在门口。报纸办公室着火了……"

内夫塔利匆忙穿上衣服，跑向前门，但父亲挡住了他的去路，抓住了他的胳膊。

"内夫塔利！现在做什么都不管用了。回去睡觉。"

内夫塔利猛地将自己的胳膊从父亲紧握的手中挣脱开。他跑到街上，加入到同样赶往火灾现场的人群中。他回头张望，看到了父亲在门口处的剪影。为什么父亲就不能像其他人那样，赶去帮忙呢？

内夫塔利沿着泥泞的道路狂奔，他的心跳声合着他那重重的步伐。当他拐弯转向大道时，他望见火团正腾入夜空。

似乎整座小镇的人们都来到了这座失火的楼前。一些人为那些帮忙灭火的人大声指引着方向,另一些人则难以置信地用手捂着嘴,还有一些人在努力地让大家避开危险。

内夫塔利挤着穿过混乱的人群,寻找着舅舅奥兰多。

最后,他发现舅舅茫然地站在街上,手中只拎着一个单一的印刷机的抽屉。

内夫塔利跑向他。

恍惚中,舅舅奥兰多拿起了这个抽屉。"我能救下的只有这个。我跑进去了,但我能够救下的只有这个。"

救火队已经就位,人们把盛满水的水桶依次向上传递。尽管如此,想要制服如此巨大的火焰仍是无望的尝试。内夫塔利加入了志愿者队伍中,为自己可以用双手做些什么而充满感激,可与此同时,他也烦恼着,这些全都是徒劳的。

随着时间的消逝,天将破晓,火焰也终于熄灭。围观的人群各自返回家中，开始忙活自己的生意。内夫塔利则一直待到这场火灾只剩下烟雾弥漫的灰烬才离开。他站在舅舅奥兰多的身旁，他们脚下现在看起来像巨型篝火的火堆底。"为什么？"舅舅奥兰多问道。

他的声音缓慢又克制。"那些开发者认定我会放弃这个事业。他们认为镇上的人们现在会惊慌，并开始担忧自己的安全以及工作。在很多情况下，确实会那样，支持也就不复存在了。之后……马普切人就会消失，被赶到更远、更远的地方。"

内夫塔利想到了那个他在江船上认识的马普切男孩，以及当内夫塔利一家人朝着一个方向启程旅行时，那个男孩和他的家人是怎样向着另一个方向离去的。

"这不公平，"内夫塔利说，"这是不正当的，我们应该告诉政府。"

舅舅奥兰多摇头否定，看起来出奇地镇定，"这没有任何好处。"

"这是他们的责任！这是犯罪啊。"

"噢，可不，"舅舅奥兰多假装笑着说道，"这是他们的责任。"

"这就了结了？"内夫塔利问道，"杀害无辜人们的凶手还会继续？每个人都装作若无其事的样子？"

舅舅奥兰多站直了些，"内夫塔利，总是有可以去做的事情的。现在，对外我可以屈从，但私底下，他们永远也无法让我放弃我真正的感受。我会等待，然后，重新开始。"

"那现在呢？去哪里？"

"总有些编辑会雇用我，如果不是一家这里的报纸，就是其他地方的。我会开始写一些新闻报道，这些报道大概会让人们关起门来窃窃私语。你知道许多的窃窃私语会制造出巨大的噪音吗？看看周围，你看到了什么？"

内夫塔利质疑地看着舅舅。有什么可看的呢？舅舅一手创建出来的一切都被烧毁了。为什么他没有暴怒？内夫塔利摊了摊手。"什么也没有。我什么都看不到。墙壁没了，印刷机也毁掉了。什么都没剩下，除了一个空空的抽屉。他们赢了……"

舅舅奥兰多举起他的手止住内夫塔利的大声抱怨。他走到一堆冒着烟的灰烬处，用靴子踢了踢。灰烬下面，灼热的余烬像一颗心那样有节奏地跳动着。"你错了。就像亚伊马火山那样，总有些东西，在表面下燃烧着。有时候，这些东西需要花上数年才能喷发。但它总会爆发的。外甥，他们或许让我们的晨报缄默了，但他们永远也无法让我的钢笔缄默。"他朝着内夫塔利伸出了自己的手。

内夫塔利看向舅舅坚毅的面庞。

他没有看到一个被筋疲力尽所打倒的男人，他看到的是一个准备好择日再战的男人。

他没有看到一个从头到脚一身烟灰的男人，他看到的是一个一身正气的男人。

他没有看到一个怒红了双眼、噙着泪水的男人，他看到的是一个有着坚定决心并发誓替那些无法为自己发声的群体去发声的男人。

内夫塔利也伸出手,握住舅舅的手掌,握得紧紧的。"他们也别想让我缄默。"

究竟是烈火诞生于言语,

还是言语诞生于烈火?

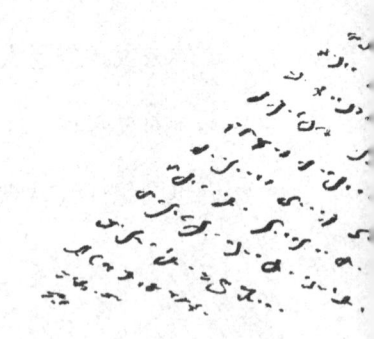

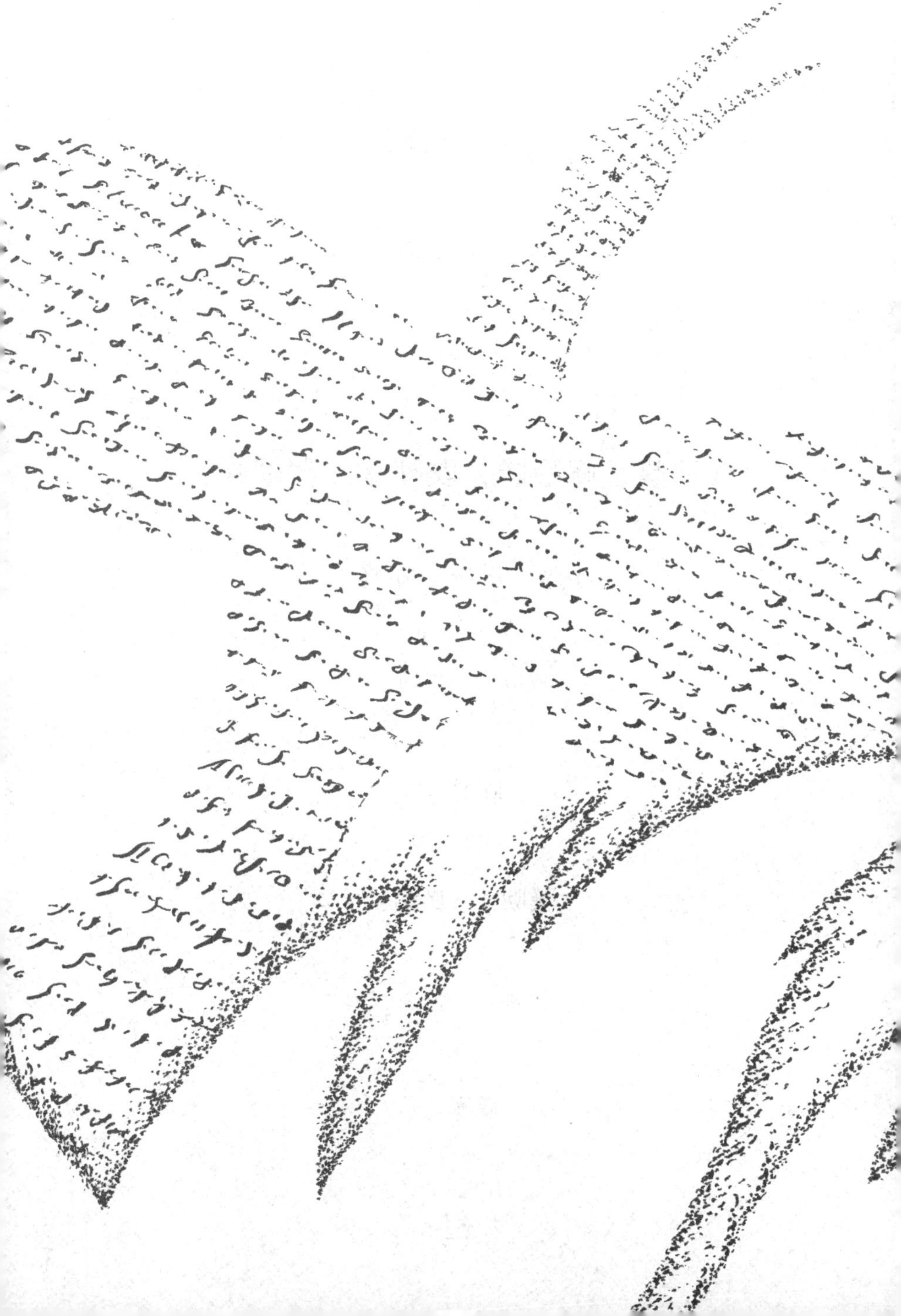

噗呖——噗呖。

噗呖——噗呖。

噗喽。

噢咿噗，噢咿噗，噢咿噗，噢咿噗。

噗噜，噗噜，噗噜。

噗呖——噗呖。

噗喽。

噗呖——噗呖。

噗呖——噗呖。

噗喽。

噗噜，噗噜，噗噜。

噗呖——噗呖。

噗喽。

噢咿噗，噢咿噗，噢咿噗，噢咿噗。

叮，叮，叮，叮，叮

叮，

叮，

叮，

叮，

叮。

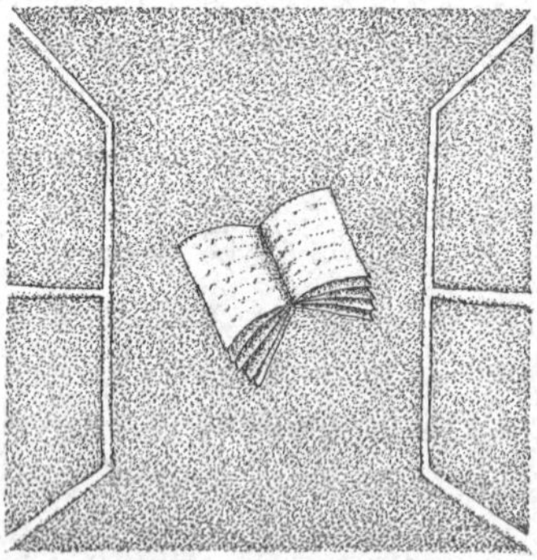

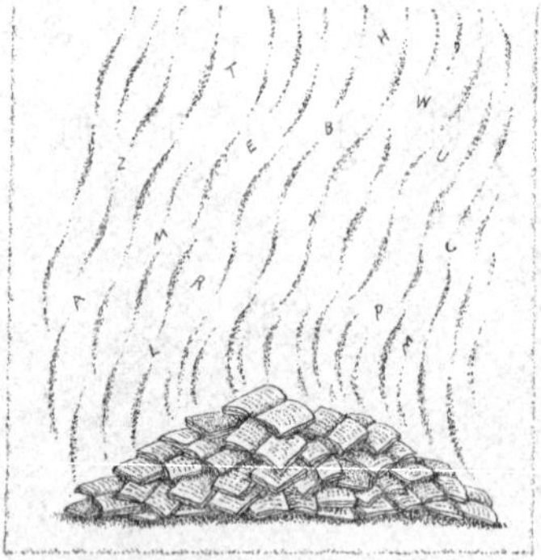

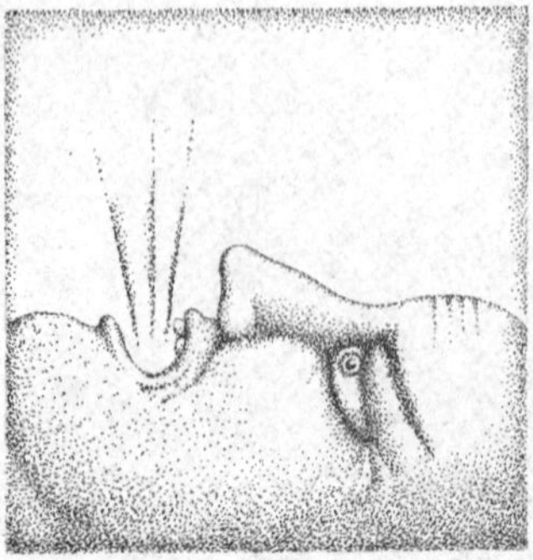

FIRE
十二 火焰

"劳丽塔!"内夫塔利在男校操场上呼喊道。他在空中挥舞着一张报纸,兴冲冲地跑过去追上劳丽塔。他递给她那张薄薄的报纸,"舅舅奥兰多的首版报纸,在另一个小镇上发行的。这几乎花费了他三年的时间,不过他做到了。我迫不及待要去祝贺他了,而且我也有自己的大新闻。"在他讲下去之前,他弯腰从路边一条泥泞的小溪中拾起了一个亮闪闪的东西。

"内夫塔利,在你的收藏品里,难道旧钥匙还不够多吗?"

"钥匙可以打开门,劳丽塔。一个人有多少把钥匙都不为过。"

"好，那跟我讲讲你的大新闻吧。"劳丽塔说道。

他从捧着的一堆书底抽出一本杂志。"我成了《光明》杂志的通讯记者，这本杂志是由圣地亚哥的大学生出版的。"

"但你得等到秋天才能成为那里的学生啊。"

"这没有关系。许多人都在投稿。看看里面，我的一篇文章已经发表了，是关于马普切人的。《光明》杂志还想要更多文章。他们还想让我在特木科小镇给这里的学生分发他们的杂志，好为他们在圣地亚哥的事业获得支持，这样一来，作者的声音也会被听到。"

"那些反对政府的声音？"劳丽塔说，"父亲对那些写东西反对政府的人的看法，你是知道的。这太冒险了。"她打开杂志，翻找着内夫塔利的那篇文章。

"这些人写的都是关于公平与正义的东西，他们是我的英雄，劳丽塔。他们笔下的一字一句都会激发人们的思考。他们写下的是如何改变这个世界上错误的东西。他们当中不仅有大学生,也有其他身份的人,比如诗人罗哈斯[1]以及冈萨雷斯·贝拉[2]。"

"言论自由搞不好会让你陷入麻烦。"劳丽塔找到了内夫塔利的文章,粗略地浏览了一遍,"内夫塔利,这里以你的名字写着你将被大学录取,并成为一名诗人。"

"这毫无意义,不过是编辑的设想而已。"

"内夫塔利,你该把这个藏起来。我不认为父亲会喜欢这位编辑的设想。"

内夫塔利叹气道:"我都快没有藏东西的地方了。"

"等你上了大学,你就可以随心所欲了。"

"我希望真的可以这样。"内夫塔利说道,"但是写作这件事,我仍旧得保密,至少我会装作一名打算成为教师,或是译者的法语系学生。"内夫塔利放低声音,模仿起了

---

[1] 曼努埃尔·罗哈斯·塞波维达(1896—1973),智利著名作家,于1957年被授予智利国家文学奖。
[2] 何塞·桑托斯·冈萨雷斯·贝拉(1897—1970),智利著名作家,于1950年被授予智利国家文学奖。

父亲的口吻,"为进入商界做准备。"

"父亲已经放弃让你学医的打算了?"劳丽塔问道。

"我的数学成绩不行。"内夫塔利耸着肩,"所以父亲修改了我的命运,打算让我从商。至少,我可以大大方方地读法国文学了。"

"答应我,在大学里你要保持住你的成绩,内夫塔利,否则父亲就不会给你补贴的零用钱了。你这么瘦,需要吃好。"

"别担心。我会尽可能地遵循父亲的安排。我保证。"

一群大鸟在空中飞过。

内夫塔利和劳丽塔仰头望着鸟儿精准拍打着的翅膀。

"你能分辨出它们是朱鹮还是白琵鹭吗?"劳丽塔问道。

"很难啊,它们离得太远了。"内夫塔利继续走着,他的头后仰着,眼睛向上看着。当他就要踏进路上的一个大坑时,劳丽塔抓住了他的胳膊,把他拉回到安全的地方,"看看脚下的路,别只顾看鸟!"

他站稳后说:"谢谢你,劳丽塔。你知道的,等我去了圣地亚哥之后,会想念你的。"

劳丽塔笑道:"在那之前,你别惹麻烦我就谢天谢地了。"

内夫塔利伸手拨弄了一下劳丽塔的头发。

"即使是我,几个月不去惹麻烦也不是什么难事。"

~ ~ ~

几天后,内夫塔利回到家,发现他的抽屉被翻得乱七八糟,他的笔记本也都散落在房间的地板上。还没等他捡起来,父亲就出现在门口,手中拿着一本《光明》杂志。

"你和你舅舅一个样,煽动社群。"他把杂志翻到内夫塔利文章的那页,猛摔着这一页,"我读到了什么?不是内夫塔利·雷耶斯希望成为——"父亲的脸气得又胀又红,"任何有意义的某种人。相反,这上面写着,你只想成为一个懒惰的窃贼!"

"这是一个错—错误,就是这样。"

"这确实是一个错误,一个纵容你为任意一份报纸工作的错误。"父亲说道,"我不许你再放弃一个有靠谱的工作的机会。还有,你不能拿我的钱去做这种冒险的事。你听清楚了吗,内夫塔利?"

内夫塔利盯着地板。

"只是因为你母亲的恳请,我才容忍你这个爱好,但我的宽容用尽了。在我自家的餐桌上,我听到奥兰多一而再再而三地读你写的文章。大家鼓掌,仅仅是出于礼貌。你知道他们真正在想什么吗?他们想的是,你对我们这个家而言就是耻辱。想象一下,当一个店主把你的这篇文章拿给我看时,我是多么羞耻!他说只要我们全家还一门心思地扑在这件事上,他就不会再来我们家了。"

父亲变得面红耳赤,"在这幢房子里,不许再写作!"他抓起一个笔记本,径直扔出窗外。笔记本里松散的纸页飘动着,它们似乎在尝试飞起来。父亲一本接着一本地扔着。

内夫塔利听到了本子摔落在门廊上的声音。父亲在房间里横冲直撞，抓起这个又丢掉那个。摔！摔！摔！

父亲的脸因为暴怒而鼓胀起来，以至于看起来都不像他自己了。内夫塔利从这无法控制的狂怒中后退，紧紧地靠着墙壁。下一个被父亲扔出窗外的会是什么？是内夫塔利本人吗？

当所有的笔记本都被扔掉后，父亲离开了房间。

内夫塔利瘫在床上，双手抱头躺着。他希望，风不会带走任何一页松散的纸张。他会再等一会儿，直到确定父亲没向外探看。这之后，他打算把笔记本和散落的纸页都捡起来，把它们藏到一个永远不会被发现的地方。

劳丽塔出现在门口，她脸色惨白，睁大的眼睛里满是惊恐。她看着内夫塔利凌乱的房间。"内夫塔利？"

内夫塔利抬起头，"我想我到底还是做不到长时间地不惹麻烦啊。"

兄妹俩听到了父亲的哨声。两声，三声，一声接一声，毫不间断。

劳丽塔走到窗边,"父亲是疯了吗?"

内夫塔利跳下床,跑到她身边。

在街道中央,一摞笔记本被点燃了,火堆上飘来一缕烟。内夫塔利嚷道:"不!"

他冲出自己的房间,冲出房子,越过门廊来到院子里。一连几个箭步,他就跑到了街边,希望能抢救出些什么,什么都行,但他不敢把手伸进火焰里。父亲就站在他和这刚燃起的火堆之间,他怒瞪着眼睛,嘴上一遍又一遍不停歇地吹着哨子。

劳丽塔和母亲急忙赶到街上,邻里们也趴着窗户偷看,四轮马车的车夫们也都停下来,观望内夫塔利最隐秘的感受被一一烧成黄色、橙红色,直至蓝色。他的想法、他的烦恼和他的感情都被烧焦了,烧卷曲了。他剩余的灵魂飘入空中,犹如片片灰色的雪花。他的绝望连同因不公平所触动的愤慨猛烈地烧至空中,最后消失不见。内夫塔利什么都做不了。

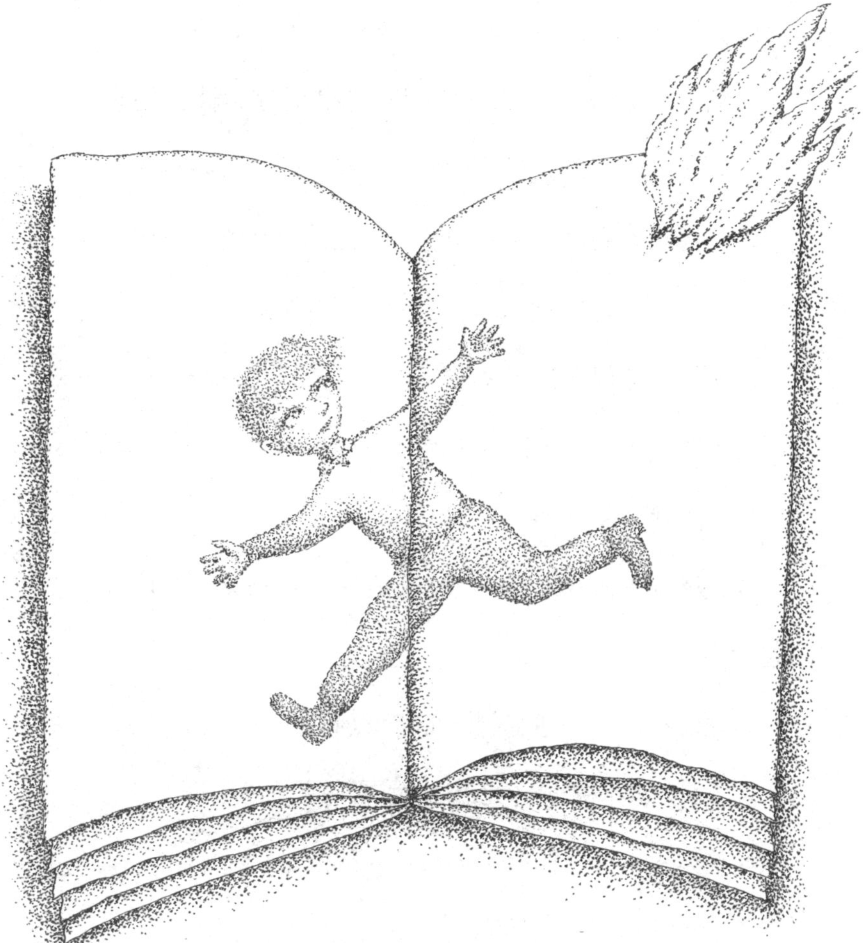

哨声刺耳地响着，大声地响着。

内夫塔利无力地杵在那里，垂着头，垂着肩膀。

最后，父亲放下哨子，高声嚷道："现在，让我们看看你会成为什么样的人！"说完，他就怒气冲冲地回家了。

内夫塔利无法动弹，好像他身体里的所有气息都被吸走了一样。

母亲顺从地跟在父亲身后。

邻里回去忙他们各自的事情了。

马车重新上路驶远了。

内夫塔利还留在原地，一脸茫然，直到劳丽塔走过来，陪在他身边。

兄妹俩一言不发地走到这堆废墟前。

内夫塔利用他的靴子把灰烬拨弄开。

在灰烬之下，一撮微小的余烬在闪烁。

几个月之后，内夫塔利坐在自己的床边。他拿着这天早上收到的一封信，这封信告诉了他一个让他心绪不宁的消息。罗哈斯，内夫塔利很仰慕的诗人之一，在一场学生抗议活动中被逮捕到监狱，并在那里去世了。

悲痛、迷茫和失望向内夫塔利袭来。

他一直等到这天晚上，直到确定父亲已经入睡。伴着他的是一根在墙上映出影子的忽明忽暗的蜡烛，他坐在自己的房间里为《光明》杂志写了一首新的诗歌。现在，他身处两难的困境。这首诗将要在下周发表，不只是发表在大学杂志上，同时还会刊登在圣地亚哥的一家报纸上。在圣地亚哥，父亲认识许多人，所以内夫塔利不能冒这个险——让父亲发现自己违背了他。除此以外，他无法停止去想父亲说过的话——他是这个家的耻辱。

内夫塔利叹着气，放下他的钢笔。他拿起一份特木科小镇本地的报纸，读到了一篇有关一位捷克作家的文章。对内夫塔利而言，这位作家的名字是不同寻常的、奇特的。要是他也有一个这样的名字就好了。他在一张小纸片上写下了那个姓氏，然后大声地读了出来，一遍又一遍。

那些失去了的故事，

它们的天堂在哪里呢？

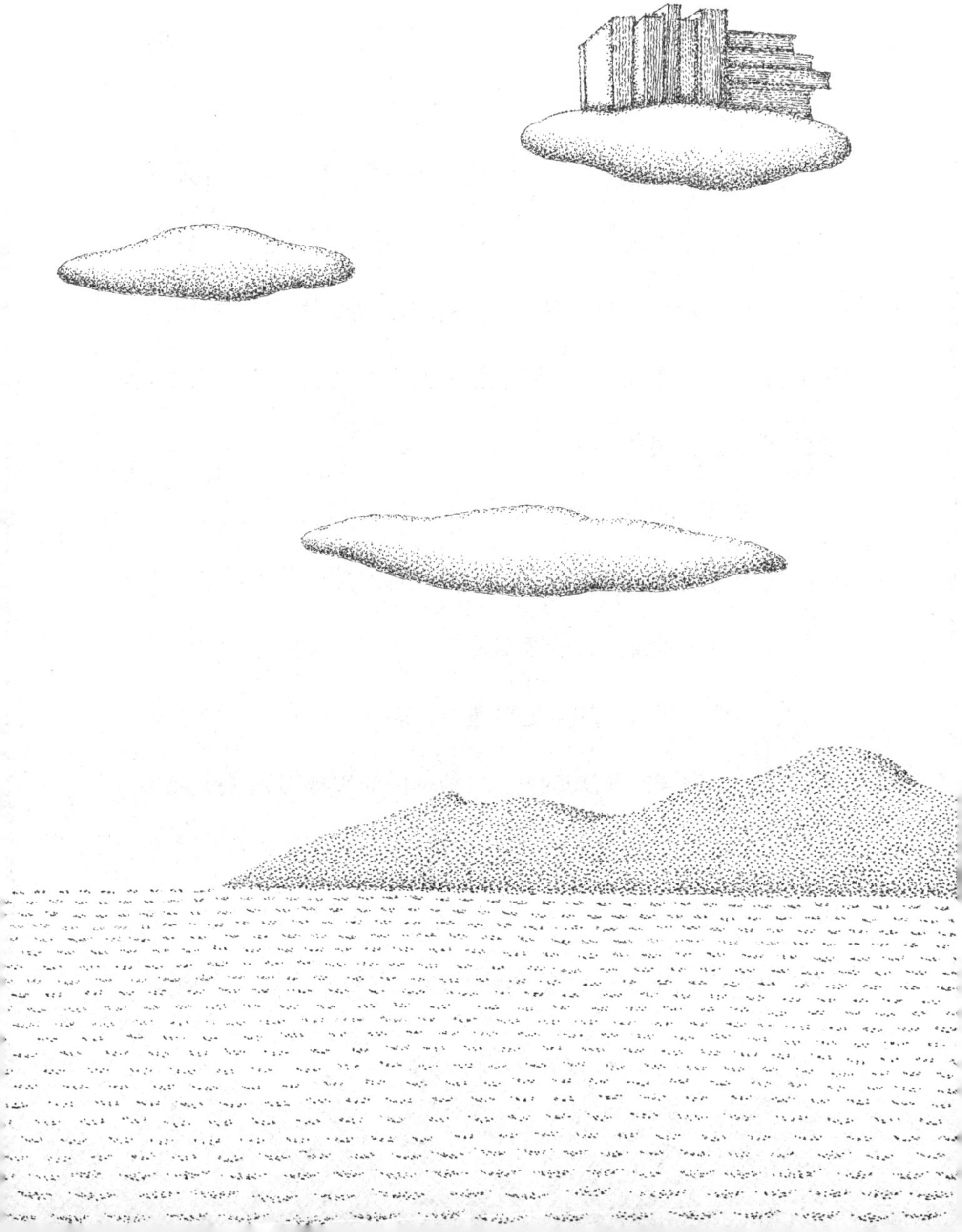

他从书架上抽出了一本意大利诗歌集，随即翻找起来。在书的某一页，他停下来，读到了一个名叫保罗的人物。

"保罗。"他念道，但听起来不太对。他把这个意大利名字翻译成了西班牙语，点点头，把这个翻译过来的名字写到了刚才那个姓氏旁边。名字和姓氏滑出纸片，在房间里列队游行，最后它们将自己挂在了卧室门后的挂钩上，变成了一套精良的西装。

内夫塔利无法抗拒，他取下西装，试着穿到身上。裤腿不需要缝边，上衣也不需要裁剪。西装的料子既不那么轻，也不那么重。西装翻领的宽窄是他喜欢的。西装的颜色也很柔和，不那么显眼，却也足够亮眼，能让人记住。这个名字不只是一个完美的解决办法，也是和他最相称的名字。

他重新拿起钢笔。在诗的结尾处，他并没有署上内夫塔利·雷耶斯这个名字，而是写下了巴勃罗·聂鲁达。他打算用这个名字来免去父亲的耻辱——有他这样一个诗人儿子。也许这个名字他只用到不再消沉的时候,只用到他找回自己的时候。

又或许,他会一直保留这个名字。它或许会取代他原有的名字,毕竟这个名字有着像一个火车头那样的喀嚓喀嚓地往高处行进的韵律。

巴勃罗·聂鲁达

巴勃罗·聂鲁达

巴勃罗·聂鲁达

蜕变是怎么开始的呢?

是由外向内?

还是由内向外?

第二天清晨,他一点点地将自己的东西都整理到一个金属行李箱里:衣服、书本、钢笔,当然还有个让他永远都不会觉得自己年迈的东西——他的绵羊。他小心翼翼地把这些收藏品分放到几个收纳箱里,自己手里拿上一个箱子,另一个则送到劳丽塔的房间里去保管。

他站在她门口,递给她这个箱子,"别再让这个箱子被点着了。"

劳丽塔笑道:"我会用我的生命来守护它的。现在可别跟我道别啊,母亲和我会送你到车站。快点!该出发了。有人来帮你拿行李箱吗?"

内夫塔利点着头,"所有东西都收拾好了。"

父亲在家门口等着,他那深色的斗篷被折起来搭在手臂上。

内夫塔利和父亲,他们两人自从火烧笔记本事件后,就没和对方说过话。

父亲把斗篷拿给他,说道:"我不再穿这个了,你会需要的。专注于学业，内夫塔利。"

接过斗篷的内夫塔利想起，他们父子俩一同乘火车去森林的第一天，父亲是怎样披着这件斗篷的。他直视着父亲的眼睛，迷失在自己的凝视里。那里面有谁？是一个刻薄可憎的人吗？或是一个被他自己的过往深深抑制住的人，以至于他不敢让他所爱的人去掌控自己的未来？

"再见，内夫塔利。"父亲草草地对他点了点头，给了他一个拘谨的拥抱。

"再见，父亲。"内夫塔利应声说道，然后他低声自语道："内夫塔利·雷耶斯是不会让你失望的。"

母亲和劳丽塔分别站在他的两侧，他径直朝月台和发出嘶鸣声的火车走去。在他上火车之前，母亲把披在肩上的毯子拿给他——正是许多年前母亲在售卖马普切人手工艺品的集市上买回来的那条毯子。"用来保暖。你还是那样骨瘦如柴。"母亲吻了吻他的脸颊，紧紧地抱住了他。

他也抱紧了母亲，"可是我内心很强大，就像您一样。"

接着，他用手臂揽住了劳丽塔，抱着她转起圈来，"你还得继续当我的使者，告诉我特木科小镇所有的消息。"

劳丽塔笑着说道："我保证我每周都会给你写信。"

火车开始喷气。

内夫塔利踏上了火车。

~ ~ ~

这一夜连同隔日的一整天，内夫塔利都在三等舱里赶路。这节车厢里挤满了农民，闻起来是被雨水浸泡过的斗篷上潮湿的羊毛的味道，以及被塞进篮子里的不开心的小鸡湿漉漉的羽毛的味道。不过，这些并不会烦扰到内夫塔利，因为他就要到一个文化之都去了，那是一个有着更多志同道合者的地方。在那里他会成为一名大学生，在那里他不会因为要成为一位诗人而被阻挠。

透过车窗，他望见绵延数英里的智利南洋杉树渐渐变成了零落的几棵树木。当最后一片森林消失，只剩下深色土砖砌成的座座小镇时，他仿佛感到自己的一部分也被抛在了身后。

火车停下后，他拿好自己的行李箱，戴上一顶宽帽檐的黑色帽子，把自己裹在父亲的斗篷里，还把母亲给他的毯子搭在了手臂上。他踏上了圣地亚哥的街道，要在这个世界上闯出自己的路来。

~ ~ ~

在这里，恰似这座大城市里一如既往的阴郁天气，他的写作也是坚持不懈的。诗歌之路已经踏出了一步，他别无选择，只能继续走下去。无论在什么情况下，他都坚持写作：当他住在一间比牢房大不了多少的小房间里时；当他几乎没有足够的钱来饱腹时；当他感到极其寒冷，却只能靠父亲的斗篷和母亲的毯子取暖时；当他没有朋友，只能向自己心灵深处汲取力量时；当他绝望时，又或者他让其他人绝望时；当他不同意大学里或祖国的政治观点时。

他就写作。

尽管他换了名字，他的过往依旧伴随着他，甚至流露在写作中。他那被雨水浸润过的童年的滴答韵律化作了一行行字句。他那关于大森林里林下植物的回忆迸发成诗意的短句,像一颗松塔的树液那样坚韧,像一只甲虫的外壳那样易碎。句子渐渐变长又慢慢缩短,和着拍打海岸的海浪的节奏,抑或是轻柔地摇摆,像孤单的口琴吹奏出的感伤乐曲。他的愤怒变身为率直的文章、尖锐的文章以及炙热的文章。他坚定的信念挥洒在打印机单调的决心上。他的感情也化作一首首诗歌,就像那只备受喜爱的绵羊的羊毛那样温暖柔软。

巴勃罗·内夫塔利的诗歌淌过淤泥。在野外工作的工人们读到他的文章都说:"他的双手就像我们的双手一样在改变土地。"

他的诗歌叩响了各色宅邸的大门。富人们读到他的文章都说:"他已经攀上了和我们一样的阶级。"

他的诗歌就放在面包师傅的桌上,面包师傅会说:"他知道我在做面包时是什么感受。"

他的诗歌行进在鹅卵石上。店主们会从柜台探出身来，读给他的顾客听，并说道："你认识他吗？他是我的弟弟。"

诗歌集结成书，人们手手相传。

他的书越过围栏……

越过桥梁……

越过国界……

在一个又一个大洲之上翱翔……

直到他穿过围栏的孔洞给世界上每一个角落里的许许多多的人们递去无数礼物……

它们的翅膀以同样的节奏鼓动着,它们的心渴望去感受他编织的所有的梦。

     叮,

     叮,

     叮,

     叮,

     叮。

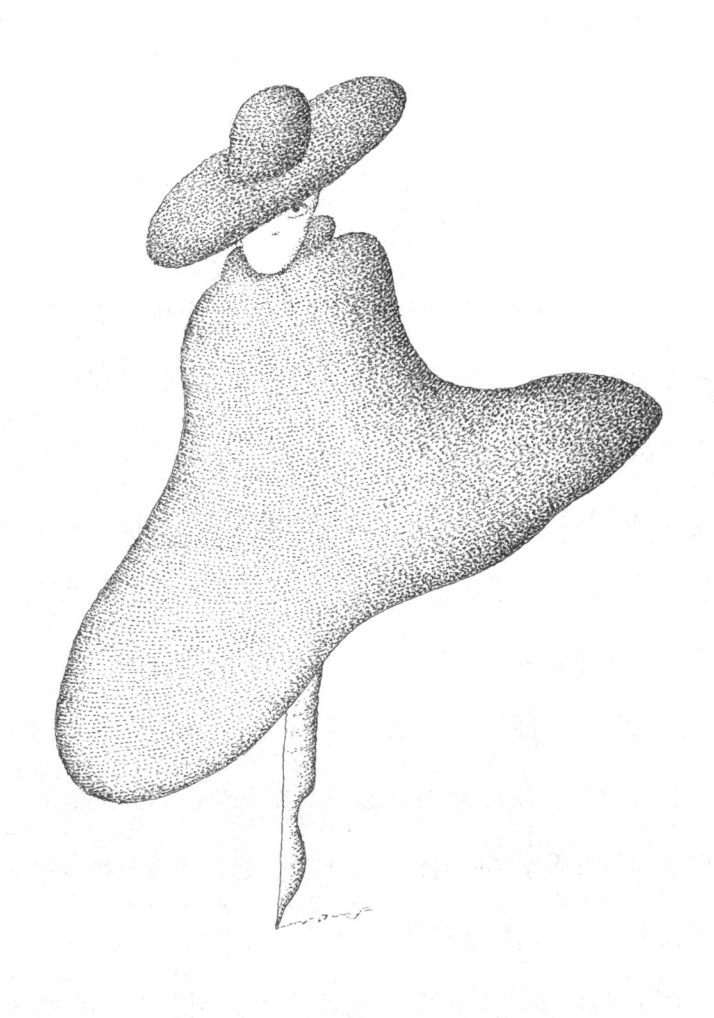

后记 POSTSCRIPT

《追梦的孩子》是一部根据巴勃罗·聂鲁达的童年经历创作的小说。小说开始于一个小小的神秘事件：那是一次有关围栏上的洞和用一只玩具羊交换一枚松果的事件。这段轶事深深地吸引了我，引领我去阅读聂鲁达的随笔和回忆录，于是读到了他的雨林探险、他的海洋之旅和天鹅的故事。这些故事又引领我找到了他的几位传记作家。

巴勃罗·聂鲁达（1904—1973）是20世纪最重要的文学诗人之一，1971年荣膺诺贝尔文学奖。如果将他所写作品的所有版本、所有语种都加在一起，他大概是全世界诗人中，读者地域分布最广的一位了。

最终，他的诗歌也引领了我。后来我找到了《疑问集》

(*The Book of Questions*)。聂鲁达的探究精神很有感染力，他给予了我在自己的作品中创作诗歌、提出问题的灵感。我也希望读者们能沉浸在自己的思想洪流中，想象出多种答案。

那只通过围栏的洞递给他的玩具羊被聂鲁达保存了很多年，直到它在家中的一场大火中消失。从那以后，这个男人不论到何地旅行，哪怕是到了五十多岁，他都会细细端详玩具店的橱窗，希望再找到一只相似的羊。虽然他一直没有找到，却永远记得当初得到那只羊时的情形，甚至将它写进他的散文《童年与诗歌》(*Childhood and Poetry*)。

聂鲁达在那篇散文中说："那次交换给了全家……一个珍贵的观念：全人类是以某种方式联系在一起的……就像我曾经把松果留在围栏旁一样，我也将我的话语遗留在如此多的不认识我的人的身边，他们有的在监狱里，有的正受迫害，有的孤立无援。"

聂鲁达给普通人写信，讲述了一件普通的事情。他认为，当人们触碰一个物体时，手指会在物体上留下一点点存在过的痕迹，这些痕迹会以某种方式进入这个物体的记忆中。他相信，他想写的所有故事早已存在，可以从最简单的事物、最微小的细节中找到，激发出它们的灵感，比如一个园艺工具、一根擀面杖，或一个粗糙的揉面的桌子。聂鲁达深深沉迷于他称之为"存在于物体内部和外表上的人类的永恒的标志"。

他说："深入研究静止的物体……是非常恰当的……它们向饱受折磨的诗人映照出了人类的触摸和地球的经验……在它们身上留下的人类的足印和指印映照出了人类世界错误的混乱。这才是我们应该追求的诗歌，它仿佛已被酸腐蚀，被劳作的双手磨损；它浸透着汗水、弥漫着烟雾；它闻起来混合着百合花香和尿臭味；它被泼溅上了我们的各种所作所为。"聂鲁达甚至将情感付诸于他的钢笔，他更喜欢使用绿色墨水，因为他认为绿色代表——希望。

终其一生，聂鲁达都在收集各种符合他古怪胃口的稀奇玩意儿，并将它们展示出来：比如瓶中船、世界各地的贝壳、装饰船头的巨大雕像、海玻璃、钟表、钥匙、珍本书、玻璃瓶、航海仪、来自大自然的无数珍宝、曾悬挂在鞋匠铺里的巨大木鞋，甚至是特木科小镇某家商店里的一座旋转木马。他还收集人，他的世界里充满着各行各业的形形色色的人物。

聂鲁达对爱充满热情，他通过写作来表达各种形式的爱：对他人的爱、对国家的爱、对人类的爱，以及对平凡事物和美的爱。他对绝望也怀着同等的热情，经常写下对他人的同情。

当聂鲁达支持的智利政府被他反对的一个军政府推翻后，他便被认定为他的国家的敌人。皮诺切特将军领导的军事政权采取了行动，禁止反对军事政变的文章或言论，由于聂鲁达的观点比较激进,就在他去世前的几个月,皮诺切特的武装警卫接到命令,去搜查和洗劫他的房子,因为当时他已被宣布为叛国者了。

他们到达时,聂鲁达大声宣告:"环顾四周,这里只有一样东西对你们来说是危险品——诗歌。"

图书在版编目（CIP）数据

追梦的孩子／（美）帕姆·穆尼奥兹·瑞恩著；
（美）彼得·西斯绘；于海子译 . 一昆明：晨光出版社，2019.1（2025.7 重印）
ISBN 978-7-5414-9889-3

Ⅰ.①追… Ⅱ.①帕… ②彼… ③于… Ⅲ.①儿童小说－长篇
小说－美国－现代 Ⅳ.①I721.84

中国版本图书馆 CIP 数据核字（2018）第 244882 号

THE DREAMER
Text copyright©2010 by Pam Muñoz Ryan.
Illustrations copyright©2010 by Peter Sís.
All rights reserved.
Published by arrangement with Scholastic Inc.,557 Broadway,New York,NY 10012,USA.

著作权合同登记号 图字：23-2018-078号

ZHUI MENG DE HAI ZI
追梦的孩子

出 版 人　杨旭恒

作　　者	〔美〕帕姆·穆尼奥兹·瑞恩
绘　　者	〔美〕彼得·西斯
翻　　译	于海子
版权编辑	陈　甜
项目策划	禹田文化
责任编辑	李　洁
项目编辑	杨　博
装帧设计	萝　卜
出　　版	晨光出版社
地　　址	昆明市环城西路 609 号新闻出版大楼
邮　　编	650034
发行电话	（010）88356856　88356858
印　　刷	固安兰星球彩色印刷有限公司
经　　销	各地新华书店
版　　次	2019 年 1 月第 1 版
印　　次	2025 年 7 月第 23 次印刷
开　　本	145mm×210mm　32 开
印　　张	9
ISBN	978-7-5414-9889-3
字　　数	116 千
定　　价	32.00 元

退换声明：若有印刷质量问题，请及时和销售部门（010-88356856）联系退换。